영웅의 부활

THE RESURRECTION OF THE HERO

영웅의 부활

윤석열 vs 이재명, 누가 이길까?

송동윤 지음

**영화감독 송동윤 박사의 영화보다 재밌는
캐릭터 분석과 별의 순간 관전 포인트!!**

스타북스

책머리에

"내 가슴속에는 빼앗길 수 없는 것이 하나 있다.
그것은 바로 희망이라는 것이다."

영화 〈쇼생크탈출〉에서 바람조차도 빠져나올 수 없다는 쇼생크 감옥에 갇힌 주인공이 절망 속에서 했던 대사입니다. 대선을 앞두고 나는 다시 희망을 품습니다. 5월 한 달 동안 그 희망의 대상인 윤석열 전 총장과 이재명 도지사 두 분의 캐릭터를 〈초한지〉의 유방과 항우, 한신, 〈삼국지〉의 조조 등 영화에 등장하는 영웅들과 비교해서 이번 대선의 결과를 분석해 봤습니다. 나에게는 흥미로운 작업이었습니다. 그러나 한 번도 뵌 적이 없는 두 분께는 실례가 아닐지 모르겠습니다만, 이번 대선에서 영웅의 부활을 꿈꾸는 많은 사람들에게는 선물이 될 수도 있습니다.

공정과 정의, 그리고 기본소득은…… 결국은 경제입니다. 먹고사는 일은 문제의 시작이고 끝입니다. 이것이 내가 두 분께 거는 희망의 이유이기도 합니다.

감사합니다.

차례

3 초한지 – 영웅의 부활(윤석열)

4 조조 - 황제의 반란(이재명)

7 감독이 윤석열과 이재명에게 권하는 영화

1
이순신의 반역
(윤석열과 이재명)

가진 자들의 영혼

"먹물! 주둥이만 살아가지고 말야. 나라를 망친 새끼도 먹물. 뇌물 주는 새끼도 먹물. 받아 처먹는 개새끼도 먹물. 그걸 씹고 있는 씹할 새끼도 먹물이고 주둥이만 나불대다가 나라 깡통 차니까 제일 투덜거리는 개좆같은 새끼도 먹물."

코로나시대에 어디 가서 숨 한번 크게 쉴 수 없는 현실에서 나에게 영화는 유일한 탈출구다. 여기 내가 하지 못한 일을 영화 속의 인물이 해냈다. 송능한 감독의 〈세기말〉에서다. 교수자리를 거래하고자 모인 룸살롱에서 술에 취한 시간강사가 재단에 바칠 돈이 없다보니 애먼 술판을 엎어 화풀이 하면서 지껄인 욕설이다.

위 대사에서 '먹물'을 '국회의원'으로 바꿔보자. 그것은 아등바등 살아가는 사람들의 세금으로 일하는 건지 노는 건지 도통 구분이 안 되는 여의도의 정치인들을 향해 가운데 손가락을 내미는 욕설이 된다. 아무려면 어떤가. 속이 다 시원해지는데. 이번에는 시간강사가 장소를 옮겨 대학 강의실에서 학생들에게 열변을 토한다.

"세기말! 세기말, 다들 세기말 떠드는데 난 그게 먹물들의 장난이라고 생각해. 사실 한국사회는 늘 세기말이었지. 늘 희망 없고, 미래 없고, 충동적이고. 삼풍백화점이 무너지고 성수대교가 끊어졌을 때 세기말은 그 끔찍한 얼굴을 내민 거야. 중요한 건 지나간 100년을 어떻게 보느냐가 문젠데, 난 이 나라 100년이 실패한 100년이라고 보는 사람이야. 그건 우리 아비들이 실패했다는 뜻이기도 하고. 9시 뉴스를 보라고. 대게는 정치, 재벌, 사기, 매춘……. 언제나 암울한 뉴스만 가득해. 언젠가 50살 먹은 공무원이 여중생하고 원조교재를 했다는 뉴스를 보고 짜증이 나서 채널을 돌렸지. 거기선 북한의 꽃제비를 다룬 다큐멘터리를 하고 있는데 한 어린 굶주린 소녀가 시커먼 구정물을 들어다 보고 있는 거야. 국수 가락이라도 건져볼까 하고. 단순히 말하자면 일본 식민지 반세기, 남의 이데올로기 수입 해다 골육상쟁하느라고 반세기, 이렇게 100년을 보내는 동안 위에선 배가 고파제 아이를 잡아먹고, 남한에선 딸자식 같은 어린아이를 저항 없

이 겁탈하는 세상. 이게 지나간 100년 동안, 더 정확히는 우리들
의 아비들이 만들어 놓은 세상의 꼴이지."

정의로운 먹물로 분장된 시간강사의 얼굴은 영화 후반부에서 그 정
체를 드러낸다. 절망에 빠져있는 사람은 섹스에서 탈출구를 찾기도
한다. 꼭 그래서 그런 것 같지는 않지만, 그의 사생활은 모럴헤저드가
아주 땅바닥수준이다. 그에게 불륜은 '애로틱한 우정'일 뿐이다.

"우리는 깜깜한 어둠속을 헤매고 있다. 익명의 여자와 커튼을 드
리우고 3박4일 지독한 섹스를 통해 허무의 극단까지 가면 화두
가 풀릴지 모른다."

그는 카바레 제비들의 멘트를 날리며 직업이 기자인 여자를 호텔로
유인해 실컷 즐기다가 결국 자기 마누라에게 들켜 교도소에서 몇 달
동안 고독과 후회의 극단을 맛본다. 그런데 그 여기자는 시간강사보다
한수 위다. 뛰는 놈 위에 나는 놈이랄까. 그녀는 그와 일을 치르고 난후
에 누가 기자 아니랄까봐 프랑스속담까지 인용해서 한마디 남긴다.

"집을 두체 가진 자 이성을 잃고 두 여자를 가진 자 영혼을 잃는
다."

가진 자들의 천국

이 영화에서 가장 행복한 자는 재산이 300억쯤 되는 천민자본가다. '돈 안 되는 도덕은 없는 놈들이나 지키는 것'이라고 태연하게 말하는 그는 열심히 일하는 사람 몸에 붙어 피 빨아 먹는 거머리 같은 졸부다. 탈세로 돈을 벌고 원조교제로 쾌락을 즐긴다. 이런 자들은 무슨 짓을 해서라도 끝까지 살아남는다. 바퀴벌레처럼……, 그에게 공정과 정의가 사라진 대한민국은 천국이나 다름없다.

이 영화에서 가장 슬픈 인물은 여대생 소령이다. 그녀는 졸부와 그의 아들의 정액을 받아낸다. 가족을 뒷바라지하기 위해 원조교재를 하는 것이다. 상투적인 설정이지만 가슴이 아프다. 그렇게라도 해서 동생이 학교에 다니고 오빠가 사법고시에 합격한다면 그나마 다행이지만, 원조교재는 절대 해피엔딩으로 끝나지 않는다. 더구나 사고파는 섹스는 마약을 동반한다. 결국 그녀는 회복 불능상태로 망가지고……, 자신도 모르게 자본주의라는 거대한 톱니바퀴에 물려 들어간 것이다. 그녀는 이미 누구나 편의점에서 쉽게 살 수 있는 소비재로 진열된다. 그것은 졸부의 호주머니에서 나와 그녀와 그녀의 오빠를 거쳐 다시 졸부의 지갑 속으로 들어 왔다가 그녀의 손에 쥐어지는, 돌고 도는 수표 같은 것이다.

세기말에서 찾는 희망

대체 이 〈세기말〉이 언제 만들어 졌을까? 내용으로만 보면 최근이다. 그런데 아니다. 이 영화는 새로운 세기가 시작되는, 희망과 불안이 교차하는 2000년을 20여일 앞둔 1999년 12월 11일에 개봉됐다. 그렇다면, 21년이 흐른 2021년의 대한민국은 어떠한가? 여전히 세기말이 진행 중에 있다. 여기에 코로나 바이러스까지 합체되었다. 세계 확진자수가 1억4천만 명을 넘어서면서 나는 어이없는 상상을 해보기도 한다. 혹시 지구 인구의 절반을 죽여 평화를 구축하겠다는 〈어벤져스〉의 악당 타노스가 코로나를 지구에 퍼트린 건 아닌지……. 의심해보는 그런 상상 말이다. 오죽 답답하면 이러겠는가. 백신은 아직 멀리 있고, 여유 있는 사람은 미국으로 여행가서 맞고 온다. 이런 난세에는 간신히 숨만 쉬고 있는 힘없는 사람들만 구석으로 내몰린다. 그곳은 비상구조차 보이지 않은 막다른 골목인데……. 자, 이제 어쩔 것인가?

몽크의 절규가 대한민국의 현실과 오버랩 된다. 공정과 정의, 상식을 파괴하는 자들이 있는 한 대한민국은 여전히 정신병동이다. 〈뻐꾸기 둥지위로 날아간 새〉에서처럼, 멀쩡한 사람을 정신병자로 만드는……. 그런데 〈세기말〉은 영화 후반부에서 뜻밖에 희망을 말한다.

"이 세상의 모든 것이 고여 썩어가지만 그래도 희망을 갖자. 원칙과 기본이 통하는 세상을 자식들한테 물려줘야하니까."

21년 전에 영화에서 다뤘던 '원칙과 기본이 통하는 세상'을 지금도 똑같이 말하고 있다니 그저 놀라울 따름이다. 어쨌든 다행이다. 우리는 그럴수록 희망을 붙잡아야한다. 사실 정치인들의 나라 결딴내기는 새삼스러운 일도, 어제 오늘만의 일도 아니다.

그런데 말이다. 이게 어디 그들만의 책임이겠는가. 따진다면 그들을 뽑아준 유권자가 더 문제가 아닐까? 다시 올 것 같지 않은 대선이 우리 앞으로 다가왔다. 이번에는 누구를 뽑을 것인가?

박하사탕의 추억은

박하사탕! 그 알싸한 맛의 박하사탕은 나를 초등학교 시절로 밀어 넣는다. 책보자기를 허리에 메고 다녔던 그때의 이야기다. 학교 앞에는 구멍가게가 있었다. 수업이 끝나고 집에 가는 길에 그 앞을 지나칠 때마다 나는 여간 고통스러운 게 아니었다. 살까 말까 망설이는데…… 그러나 그 갈등의 시간은 찰나였다. 재빨리 가게 안으로 들어갔다. 이번에는 어수선하게 진열된, 다 맛있어 보이는 여러 종류의 과자들을 살피며 무엇을 고를까 진지하게 고민을 했다.

"껌을 살까? 사탕을 살까?"

그러나 결론은 항상 똑같았다. 나는 어느 사탕보다도 오래 맛을 느끼며 먹을 수 있는 박하사탕 2개를 선택했다. 가게를 나오자마자 하나를 입안으로 던졌다. 녹으면서 번지는 단맛. 아~ 나는 행복했다. 그렇게 취해 사탕을 차마 어금니로 아작 깨뜨리지 못하고 혀로 이리 저리 굴리면서 집으로 갔다. 학교와 집의 중간쯤이면 사탕은 콩알크기의 알갱이로 변해있었다. 나는 나머지 사탕 하나를 입에 넣고 처음 때와 똑같이 했다. 그렇게 걷다가 허전한 아쉬움을 느낄 때쯤이면 나는 마을 앞 당산나무아래에 도착해있었다.

나 다시 돌아갈래!

나는 가끔 그 시절의 그 순수를 추억한다. 이창동 감독의 〈박하사탕〉. 초등학교 시절의 그 사탕을 연상시키는 제목이다. 개봉은 2000년 1월 1일이었다.

"그래, 박하사탕의 순수와 함께 새천년을 시작하자."

나는 그런 기대로 며칠 후 영화관을 찾았다. 영화는 아저씨 아줌마들의 강변야유회로 시작했다. 첫 장면부터 이게 뭔가 싶었고, 갑자기 나타난 양복 입은 사내의 어울리지 않은 술주정에 분위기가 어색해지고, 객석에 앉아있는 나까지 기분이 싸해지면서 영화를 잘못 선택했다는 후회가 스쳤다. 그러나 그것도 잠시 그 사내가 철로를 가로막고 서서 달려오는 기차를 향해 절규했다.

"나 다시 돌아갈래!"

피를 토해내는 듯 그 절규에……, 순간 나는 망치로 머리를 가격당한 충격을 받았다. 뭔가 있구나 하며 나는 심각해졌고, 자리를 고쳐 앉아 과거로 돌아가는 그의 기차에 몸을 실었다. 기차는 사흘 전으로 달려갔다.

죽기위해 권총을 손에 든 사내는 병원 병실에서 죽음을 앞둔 첫사랑 순임을 만나고, 복도계단에서 박하사탕을 손에 든 채 흐느꼈다. 파멸과 첫사랑! 뭔지 모를 불안감이 온몸으로 엄습해왔다.

기차는 어느새 1987년에 와있었다. 여기서 그 사내의 정체가 드러났다. 그는 고문을 하는 경찰이었다. 박종철 고문치사사건을 말하려는 듯 운동권학생을 물고문하고 있었다. 나는 내가 고문을 당하기라도 하듯 의자가 흔들릴 정도로 부들부들 몸을 떨어야 했다.

기차는 다시 달려 1980년 5월 광주에 도착했다. 나는 아연 긴장했다. 군에 입대했던 그는 첫사랑이 면회 온 그날 진압군으로 광주에 투입된 것이다. 그들 두 사람의 운명은 거기서부터 빗나갔다. 그날 밤, 극도로 흥분한 사내는 광주역 주변 철로에서 총을 겨누고 있었다. 그 순간 나는 전율했다. 당장 영화관을 박차고 뛰쳐나가고 싶었다. 그때 탕! 하고 총소리가 울렸다. 갑자기 여고생이 그의 앞으로 나타나자 그가 당황하여 방아쇠를 당긴 것이다. 그 순간 내 가슴속에 잠들어있던 1980년 5월의 광주도 그 총소리와 동시에 깨어났다. 나는 공수부대에 쫓겨 금남로를 뛰고 있었다.

기차는 5월 광주에서 더 이상 달리지 못했다. 영화가 끝나고, 나는 금방 자리를 뜰 수가 없었다. 가슴을 진정시킨 한참 후에야 영화관 문을 나섰다. 2000년 1월에 순수로의 회귀를 통해 새롭게 새 천년을 맞이하려고 했던 내 소망은 〈박하사탕〉으로 인해 사라져 버렸다. 나는 아직도 5월 광주에 머물러 있었던 것이다.

나는 그 사내의 절규를 이해한다. 그가 돌아가고자 했던 그곳은 1980년 5월을 넘어 순수의 시절, 첫사랑의 순임이 그를 기다리고 있는 곳이다. 그러나 돌아가기에는 너무 멀리 와버렸고, 그래서 그의 절규가……, 그의 박하사탕이……, 처절하도록 안타깝다. 우리는 그 사내의 삶으로부터 얼마나 자유로울 수 있는가?

"나 다시 돌아갈래!"

그 사내의 처절한 외침이 아니더라도 2021년을 살아가는 우리는 돌아 가야한다. 코로나 그 이전의 일상으로, 공정과 정의, 상식이 통하는 그 사회로, 순수가 하얀 눈처럼 쌓여있는 그 시절로 돌아가야 한다. 그래서 우리는 내년 3월의 대선을 기다린다.

저런 게 임금이냐!?

영화 〈박하사탕〉에서 광화문 광장으로 눈길을 돌렸다. 그곳에는 이순신장군 동상이 있다. 1968년 4월 27일 건립된 이래로 2021년까지 52년 동안 왼손은 허리춤을 잡고 오른 손은 키 높이의 대장검을 들고서 처음 그 자세 그 표정 그대로 우뚝 서 있다.

"장군님, 날마다 무슨 생각을 하세요?"
"대한민국을 걱정한다고요?"

나는 그곳을 지나 칠 적마다 습관적으로 동상을 올려다보며 상상했다. "장군이 무능한 선조를 몰아내고 새로운 나라를 열었다면 그 후 조선은 어떻게 변했을까?"하고 말이다.

그러던 중 우연히 유광남의 〈이순신의 반란〉이란 제목의 소설을 보게 됐다. 나의 이순신에 대한 판타지를 그 소설이 어느 정도 충족시켜 주었다. 그런데 그 이순신의 반란은 이순신의 〈심중일기〉에서만 일어난다. 현실이 아니다. 그래서 여전히 갈증이 남았다. 그 후 나는 그 소설을 원작으로 시나리오를 집필하면서 이순신영화를 준비했다. 그러나 도중에 제작비 문제로 중단됐다.

이순신은 왜란 7년 동안 옥포해전을 시작으로 노량해전에서 "나의 죽음을 적에게 알리지 말라!"는 말을 남기고 순국할 때까지 100전 100승을 이끈 전쟁의 신이었다. 나중에 그의 죽음을 안 선조가 너무 기쁜 나머지 "야호~ 잘 죽었다. 잔치를 준비하라!"라고 소리를 내질렀다 한다. 내 추측이지만, 아마 그랬을 것이다. 선조는 왜장 도요토미 히데요시만큼이나 이순신을 죽이고 싶어 했으니까. 그런 선조를 두고 백성들이 다들 혀를 찼다 .

"저런 게 임금이냐!?"

대선을 앞두고 정치인들이 바쁘다. 윤석열과 이재명이 광화문에 가서 이순신동상을 바라보며, 이순신과 같은 심정으로, 이순신으로 빙의라도 돼서 나라를 구하겠다는 그런 각오를 다졌으면 한다. 그런 바람으로 여기에 영화 〈이순신의 반역〉이 어떻게 시작되는지 소설이 가

미된 시나리오 도입부분을 소개한다. 이를 읽고 다 같이 한번 떠올려 보자. 배우를 캐스팅한다면 누가 어울릴지? 나는 이순신역으로 송강호를 생각했다. 그렇다면 정치인 중에서 캐스팅한다면? 선조 역에는, 이순신 역에는, 원균 역에는 누가 어울릴까? 나는 이미 마음속으로는 결정했다.

조선의 불행은 왕답지 못한 왕을 주군으로 모시는 것이다.

왕실은 존엄(尊嚴)하지 못하고

신하들은 당쟁(黨爭)과 아첨(阿諂)으로 역사를 오염시킨다.

조선은 희망이 없는 나라.

누가 구원할 것인가?

나는 천지신명(天地神明)께 간구(干求)한다.

유일한 조선의 대안은 이순신의 나라다.

(사야가 김충선의 심중일기(心中日記) 1597년 2월 27일 무자)

이순신의 반역이 시작되다

S#1. 의금부 앞

이순신이 갇혀있는 의금부 앞으로 모여드는 군사들 / 승병들 / 의병들 / 의금부로 향하는 백성들의 행렬 / 의금부 옥사를 지키는 나졸들은 도망가고…….

S#2. 왕의 정전

텅 비어 있는 정전. 용상에 앉아 깊은 상념에 빠져있는 선조, 그 바닥에는 두루마리 장계가 펼쳐져 있고…….

S#3. 의금부감옥

지그시 눈을 감고 좌정하고 있는 이순신. 머리카락은 산발이고, 고문을 받은 듯 찢겨진 의복에는 핏자국이 얼룩져 있다.

1개월 전

S#4. 통제사 집무실

(소리)　　새 하늘을 여십시오!

우르릉 콰광~ 뇌성벽력이 울리고 있었다. 희미한 불빛이 흔들리면서 다시 절박한 음성이 흘러나왔다.

(소리)　　새 하늘을 여십시오!

번쩍~~~ 우르릉 콰광~ 번개가 치면서 산같이 앉아있는 사내의 모습이 드러났다. 이순신이었다. 갑자기 사지가 벌벌 떨리고 정신이 혼미해지면서 벽력같은 노여움의 불두덩이가 치솟아 올랐다. 그러나 이순신 앞에 무릎을 꿇고 있는 사내는 침착하고 몸가짐이 당당했다.

이순신　그대 지금 뭐라 했는가?
사내　　새 하늘을 여시라 했습니다.
　　　　　조선 백성을 위해서 이제 새 하늘이 열려야 합니다.
이순신　새 하늘을 열라고? 반역을 하란 말이냐!?

반역이라니? 이순신은 피가 역류하며 온몸이 떨려왔다. 왜구들의 함대가 미친 개떼처럼 바다를 뒤덮고 으르렁거릴 때도 이순신은 꿈쩍도 하지 않았다. 그런데 지금은 두려웠다.

이순신　네 이 노옴~~!

이순신은 그 두려움을 떨쳐내고자 노성을 질렀다. 손으로는 대검의 손잡이를 움켜쥐었다. 당장이라도 발검(拔劍)할 기세로 사내를 노려봤다. 그러나 사내는 추호도 물러날 기미를 보이지 않았다.

사내   장군, 모르시는 겁니까? 정녕 모르시는 겁니까?
        아니면, 외면하시는 겁니까? 저들은 장군의 목을 원하옵니다.
        저들은 이 나라 조선의 내일을 염려하는 것이 아닙니다.
        자신들이 소유하고 있는 권력과 왕권을 지키는 것이 목적이
        옵니다.

이순신   닥쳐라!

이순신은 칼을 뽑았다. 도신(刀身)에서 뿜어지는 푸른 광채가 사내의 목에 닿았다. 이 사내의 이름은 김충선. 일본 명(名)은 사야가(沙也可). 그는 임진왜란 초기에 조선으로 투항한 항왜(降倭) 장수였다. 지난 수년간 조선을 도와 일본과 대적했다. 그는 이순신 앞에서도 주저함이 없었다.

김충선   죽음에 대한 두려움이 있었다면, 내 일신의 편안을 모색했다
        면 소신 감히 이 나라 조선으로 귀화하지 않았을 겁니다.

이순신의 대장검이 허공을 갈랐다. 칼날이 번뜩였다. 예기의 푸른 섬

광은 흔들리는 등불아래 죽음의 그림자를 아른거리게 했다.

이순신 입을 다물라. 불충의 대역죄로 참수하리라!

이순신이 그를 베고자 검을 잡은 손아귀에 힘을 실었다. 그런데 그가 고개를 쳐들었다. 울고 있었다. 자신의 조국을 배신하고 조선을 위해 전장(戰場)을 누비던 전사(戰士)가 눈물을 떨어뜨리고 있었다. 그의 눈물이 기이한 전율이 되어 이순신의 가슴을 할퀴었다.

이순신 당장 거두어라! 그 독사의 세치 혓바닥을 놀리지 말라!
곶은 날씨에 망령(妄靈)을 보아 허튼 수작을 하는 구나!

그러나 이순신은 주저했다. 그는 김충선의 눈물의 의미를 알고 있었다. 그 때문에 이순신의 목소리가 다소 떨리고 있었다. 그게 아니라면 그는 이미 칼을 휘둘렀고, 김충선의 머리는 땅에 나뒹굴었을 것이다. 이런 심경변화를 들키고 싶지 않아서인지 그의 호흡이 거칠어졌다.

이순신 내 너를 아꼈거늘, 내 너를 믿고 진심으로 대하였거늘…….
김충선 그래서 아뢰는 것입니다.
장군은 어찌 왕을 장군의 왕으로만 섬기려 하시는 겁니까?
왕은 신하의 왕이요, 만백성의 왕이십니다.

왕은 그 누구에게나 왕이신 겁니다.

허나, 지금의 왕은 본인, 자신 만의 왕이십니다.

장군을 위한, 백성을 위한 왕이 아니시란 말입니다.

김충선의 항변(抗辯)에 이순신의 칼을 쥔 손목의 힘줄이 푸르게 두드러졌다. 김충선은 여전히 뜨거운 눈물을 쏟아내고 있었다.

이순신 네가 기어코 목이 떨어져야 제 정신이 들겠구나.

김충선 지난 해 이몽학의 난을 기억하십니까?

반란은 개가 일으켰는데 죽기는 호랑이가 죽었습니다.

이몽학을 때려잡는다는 핑계로 김덕령을 잡아 죽인 겁니다.

이몽학은 서얼출신으로 왜란의 혼란을 틈타 역모를 꾀했다. 이 과정에서 의병장 김덕령이 모함을 받았다. 그는 뛰어난 장수로 임진왜란 초부터 활약하여 백성들의 환호를 받는 맹장이었다. 조선의 왕 선조는 그가 싫었다. 백성들은 오직 자신만을 우러러야 했다. 그래서 왕은 김덕령을 매질로 때려 죽였다.

이순신 김덕령은 너의 막역교(莫逆交)이니 그를 두둔치 말라.

김충선 장군은 저의 집우십니다. 피하지 마십시오. 외면하지도 마십시오.

길은 오직 하나입니다.

새 하늘을 열어 조선의 백성을 지옥의 나락에서 구하십시오.

김덕령의 원귀가 밤마다 소신을 찾아옵니다.

그가 죽으면서 흘린 피눈물이 너무 사무쳐서 잠을 이루지 못합니다.

장군도 그리 가시면 소신은 눈뜬 원귀가 될 것입니다.

이레 전에 어전회의에서 장군에 대한 죄상을 논하였다 합니다.

지중추부사 정탁은 장군이 죄가 있다 하였고,

판중추부사 육두성은 장군이 조정의 명령을 거역하고

전쟁을 기피하여 한산도에 물러나 있다고 통분해했습니다.

그러나 무엇보다도 위험한 것은 왕의 발칙한 발언이었습니다.

이순신 무엄하다. 상감마마의 옥음을 발칙하다 하였는가?

김충선 그렇습니다. 그 위선의 옥음으로 왕이 소리쳤다 합니다.

'이순신은 용서할 수 없다! 그자가 왜장 가토의 목을 베어 오더라도 결코 그자를 용서하지 않을 것이다. 임금을 업신여기는 그자를!'

장군, 이제는 깨어나셔야 합니다.

저들은 장군의 충정(忠正)을 오염시키고 장군의 충의(忠義)를 모의(謀議)로 덮어씌우는 조선의 해충(害蟲)입니다.

이순신 어리석은 놈, 미욱한 놈! 해충이 존재함은 무릇 그 연유가 있는 터……, 그대는 어찌 하나만 보느냐?

김충선 그렇습니다. 저는 오르지 장군만을 바라봅니다.

장군의 뒤에는 전란에 짓밟히고 못난 왕에 시달리는

수많은 백성들이 있기 때문입니다.

이순신의 호흡이 거칠어졌다. 이제 조금만 더 지체한다면 그에게 현혹되리라. 마음이 흔들려서 이 자의 눈물을 닦아줄지도 모른다. 멈추어서는 안 된다. 이순신은 칼을 쥔 손목에 마지막 힘을 불어넣는다. 이번에는 주저 없이 너의 목을 치리라. 번쩍~~~ 우르릉 콰광~ 칼끝에서 뇌성(雷聲)이 울고 벽력(霹靂)이 떨어졌다. 밖은 이미 삼경(三更)이었다.

S#5. 그 시간의 왕의 침소

번쩍~~~ 우르릉 콰광~ 창으로 섬광이 비치고…….

선조 어헉~!!

침전(寢殿)을 가로 지르는 섬광의 푸른빛에 궁녀를 안고 잠을 자던 조선의 14대 왕 선조(宣祖)가 화들짝 놀라 깨어났다. 식은땀이 등줄기를 타고 흘렀다. 놀란 궁녀가 몸을 일으키며 불을 밝혔다.

궁 녀   마마, 무슨 일이시옵니까? 아~ 땀 좀 봐. 흉몽이라도 꾸신 겁
         니까?

S#6. 선조의 악몽

선조   그래. 꿈이었다.

한꺼번에 무리를 지어 바닷가 백사장을 뒤덮은 거북이의 행렬은 끝이
보이지 않았다. 선조는 신기해서 구경했다. 그러자 거북들이 선조의
몸으로 하나 둘 기어오르기 시작했다. 그런데 이상하게도 거북의 등
껍질에는 임금 왕(王)자가 선명하게 새겨져 있지 않는가. 선조는 눈을
크게 뜨고 다시 거북등을 살폈다. 갑자기 거북이 이순신의 귀갑선(龜甲
船)으로 변했다. 화들짝 놀란 선조가 꿈에서 깨어나면서 외쳤다.

선조   과인이 너희들의 왕이다! 왕이란 말이다!!

S#7. 다시 왕의 침소

(소 리)   이순신의 나라가 아니다! 이 나라는…….

공포감이 전신으로 엄습하면서 일시에 호흡이 멈췄다. 선조는 숨을 쉴 수가 없었다. 바다거북의 짜고 비린 냄새가 역하게 후각을 진저리치게 만들었다.

선조 물러나라!

선조는 황망히 궁녀를 밀어버렸다. 벌거벗은 나신이 저만치 날아가 금빛의 촛대와 함께 병풍 끝으로 굴렀다. 궁녀가 몸을 사리면서 덜덜 떨었다.

궁녀 마마, 고정하옵소서. 왜 이러시옵니까?
선조 네년의 젖통에서 거북이 냄새가 난다.
궁녀 마마, 그럴 리가 있사옵니까?
       간밤에는 소첩의 가슴에 식은땀을 흘리시어……
       거북의 냄새라 하오시면……, 혹…….
선조 당장 물러가라!

선조는 고함을 지르며 궁녀를 외면했다. 선조를 그림자처럼 수행하는 내관이 졸고 있다가 벼락을 맞은 듯 벌떡 일어났다.

내관 주상전하, 고 내관 이옵니다.

선조 헌부(憲府)의 지평 강두명을 부르라.

선조는 거북등에 놀란 가슴이 아직도 진정이 안 되는 듯 허둥댔다. 고
내관은 영문도 모르고 급히 왕명을 받들었다.

S#8. 왕의 정전

텅 비어 있는 정전이 괴기스런 정막 속에 갇혔다. 용상에 앉아 있는 선
조가 깊은 상념에 빠져있는 듯……, 그러나 그의 표정은 환청으로 일
그러져있었다.

(소리) 임금이 저 먼저 살겠다고 도망간다! 도망가!
　　　　백성들을 버리고 도망간다!
　　　　저런 게 무슨 임금이라고! 퉤~ 퉤~.

S#9. 궁궐 (회상)

궁궐은 불타오르고……, 선조와 그를 따르는 대신들이 야밤을 틈타
궁궐을 나왔다. 선조는 제 정신이 아닌 듯 발걸음을 재촉하였다. 그의

이미 왕이기를 포기한 도망자신세였다. 그의 얼굴은 두려움과 공포로 일그러져있었다. 백성들이 달려들어 선조 앞을 가로 막았다. 하나같이 엎드려 통곡했다. 그러나 선조는 그들에게 아무 말도 하지 않았다. 아니, 할 말이 없었다. 그는 이미 그들의 왕이 아니었다. 그의 머릿속에는 왜군이 들어 닥치기 전에 빨리 그곳을 피해야한다는 생각밖에 없었다. 군사들이 거칠게 백성들을 끌어내고 길을 만들었다. 선조가 그 길로 황망히 도망을 갔다. 그 뒤로 백성들의 원성소리가 들려왔다.

(소리)　임금이 저 먼저 살겠다고 도망간다! 도망가!
　　　　백성들을 버리고 도망간다!
　　　　저런 게 무슨 임금이라고! 퉤~ 퉤~.

그때 새벽에 어명을 받은 사헌부 지평 강두명은 임금 신변에 무슨 큰일이라도 난줄 알고 부리나케 입궐하였다. 선조는 그를 내려다보며 불안이 가시지 않은 표정으로 꿈 이야기를 늘어놨다.

선조　귀선(龜船)을 보았다. 왕이 되고자 하는 거북이들이 왕자(王子)를 들고 반란을 일으키는 꿈을 꾸었다. 그건 생시와도 같았다.
강두명　고정하시옵소서. 마마…….
선조　바다의 거북을 동원할 수 있는 자는 통제사 이순신뿐이다.
　　　그 자는 과인의 명을 따르지 않고 출전을 포기했다. 왜적을 물리쳐야 함에도 스스로 불충하고, 이제 그 힘으로 감히 조정을 능멸하려한다.

강두명은 머리를 조아렸다. 그는 사헌부 지평에 임명된 기간은 짧았지만 선조가 이른 아침부터 자신을 불러들인 까닭 정도는 파악할 수 있는 머리를 지닌 자였다. 그는 이순신의 죄가 뭔지도 몰랐지만, 선조의 심기를 살펴 미리 짐작하고 이순신을 죄인으로 비난하기를 서슴지 않았다.

강두명　통제사 이순신은 원래부터 역심이 있는 자였고, 그 죄과는 용서받지 못할 것이옵니다.
　　　　헌부에서는 즉시 이순신을 압송하도록 조치할 것이옵니다.
선조　　그자가 이제는 꿈속에서조차 과인을 괴롭히고 있도다.
강두명　황공하옵니다. 전하…….

강두명이 엎드려 물러났다. 선조는 이번 기회에 이순신을 제거하기로 작정했다. 이순신에게로 쏠려있는 민심은 선조에게 불안감을 넘어 극심한 두통과 이제까지 없었던 소화불량의 복통까지 유발시켰다. 그자를 그대로 살려두고서는 선조 자신이 제명대로 살지 못할 것 같은 두려움마저 느꼈다. 그때 갑자기 선조가 분노를 참을 수 없었던지 몸을 부들부들 떨었다. 이번에는 환상과 환청으로 괴로워하고 있는 것이다.

(소리)　　이순신 장군 만세!! 만세!!! 만세!!!!

S#10. 선조의 환상과 환청

백성들　　이순신 장군 만세!! 만세!!! 만세!!!!!!

해전에서 승리해 돌아오는 이순신을 백성들이 길목마다 기다리고 있다가 이순신 장군의 모습이 시야에 들어오자 만세를 외치며 환호한 것이다.

S#11. 의금부

의금부의 문이 열리면서 금부도사와 군사들이 출동한다. 그들의 목표는 이순신을 포박하여 압송하는 일이다. 일단의 인마가 무섭게 쏟아져 나오고…….

S#12. 다시 통제사 집무실

번쩍~~~ 우르릉 콰광~ 이번에는 이순신의 칼끝에서 뇌성벽력이 울리고 있었다. 이순신은 김충선의 목을 치기위해 대장검을 들어올렸다. 그때였다.

(소리) 아버님!

소리와 동시에 이순신의 둘째아들 울(蔚)이 집무실로 뛰어 들어왔다. 그는 감히 이순신을 제지하지 못하고 김충선 옆에 무릎을 꿇었다. 그는 김충선과 동갑으로 적진(敵陣)을 함께 누빈 전우였다. 이순신이 칼을 거두자 울이 머리를 조아렸다.

울 아버님, 충선의 마음은 누구보다도 소자이 잘 알고 있사옵니다. 오직 아버님을 위한 일편단심으로 아버님의 안위를 걱정하여 불충한 행동을 마다하지 않은 것이옵니다.

이순신 물론 알고 있다.

울 아신다 하시면서 어찌 충선을 모질게 대하신단 말입니까?

이순신 저 놈이 실성을 했다.

곱게 미치지 않았으니 내 어이 한단 말이냐?

김충선 장군, 멀지 않아 조정에서 어명이 내려질 것입니다.

장군을 제거하기 위한 수순입니다. 기선(機先)을 제압해야 합니다.

이순신 난 두렵지 않다. 그 누구의 모함 따위도 겁나지 않아.

김충선 장군, 틀렸사옵니다.

진정 두려운 것은 백성이옵니다. 백성의 민심이옵니다.

이순신 어느 백성이 내게 새 하늘을 열라고 한단 말이냐?

울 조선의 백성 모두가 아버님을 원하고 있나이다.

어찌 그 사실을 아버님만 인정하지 않으신단 말입니까?

김충선 생각해 보십시오. 지금의 조정은 백성들의 고혈(膏血)로 호의호식하면서 정작 백성을 위해서는 아무 일도 안하는 자들로 채워져 있습니다.

왕은 그러한 자들을 이용해 권력보존에만 급급하지 않습니까?

정여립이나 이몽학이 난을 일으킨 것도 다 이 썩어문드러진 조정을 뒤엎어버리기 위해서가 아니겠습니까?

이순신 그래, 그럴 지도 모르지.

이순신의 얼굴에 쓴 웃음이 지나갔다. 그도 김덕령의 억울한 죽음이후 앞으로 벌어질 일에 대해서 걱정을 하고 있었다. 이 전쟁이 끝나면 공이 있는 무장들과 의병장들이 죽임을 당하리라는 것을.

김충선 장군, 장군만이 새로운 조선을 건설할 수 있습니다.

왜적에게 치이고 명나라에 빌붙고 여진족에게 무시당하는 그런 조선이 아닌 당당한 조선말입니다.

김충선의 말은 틀리지 않았다. 조선의 금수강산(錦繡江山)이 임진년 왜적의 침략으로 철저히 유린당했다. 명나라는 대국이라고 거들먹거렸으며 여진 오랑캐들은 북방을 넘나들며 약탈(掠奪)을 일삼았다. 이 모든 원인이 조선의 조정이, 조선의 왕이, 조선의 군대가 무능하고 무력했기 때문에 빚어진 참화(慘禍)였다.

부강한 조선, 당당한 조선! 그 어느 누구도 조선의 백성 단 한명도 상하게 할 수 없는 나라! 이것이 이순신의 염원(念願)이었다.

이순신의 반란과 대권주자들의 심중일기는

여기서 이순신의 반란은 심중일기속의 반란이다. 소설가와 영화감독이 상상해서 만들어낸 세상이다. 과연 김충선의 재촉에 이순신은 어떤 결정을 했을까? 당연히 그는 선조를 몰아내고 이순신의 나라를 건설했을 것이고, 강한 조선을 통한 전쟁이 없는 평화의 시대를 열었을 것이다.

그러나 현실은 달랐다. 선조는 이순신이 해전(海戰) 중일 때 자신만은 살겠다고 백성을 버리고 도망갔고, 여차하면 명나라로 망명하고자 세부계획까지 세우고 있었다. 부끄러워하는 최소한의 양심조차 없기에 선조는 자신보다 더 백성들에게 신망을 얻고 있는 이순신에 대해 시기와 질투는 물론 열등의식까지 가지고 있었다.

그리고 무엇보다도 이순신을 두려워했다. 이순신은 백전백승의 전쟁의 신이었고, 그의 밑에는 전쟁을 해봤던 최강의 군사들이 있었다. 혹시라도 그가 반란이라도 일으킨다면 선조 자신은 앉아서 죽을 수밖에 없는 처지였다. 이순신이 사라져야만 두 다리 펴고 편하게 왕 노릇을 할 수 있었다. 그런 선조 입장에서는 이순신을 살려두기란 쉽지 않았을 것이다. 만약 노량해전에서 이순신이 죽지 않고 살아남았더라도 전쟁이 끝난 후에 선조는 어떤 죄목을 씌어서라도 그를 제거했을 것이다. 그렇다면 당시 이순신은 선조의 그런 의중을 몰랐을까? 아마 알고 있었을 것이다. 이순신은 다가올 자신의 운명을 이미 꽤 뚫고 있었을 것이다. 그럼에도 그는 그 운명을 그대로 받아들였다.

이순신은 7년 전쟁을 끝냈고, 나라와 백성을 구했다. 구국의 영웅이었다. 그런데 그가 떠난 조선은 아무것도 변하지 않았다. 선조는 여전히 조선의 주인이었다. 그로부터 시작된 비극은 인조의 병자호란을 거쳐 일제 36년에 이르렀으니, 비록 소설이지만, 심중일기로 끝난 이순신의 반란이 이루 말할 수 없는 아쉬움만 남겼다.

　　역사는 반복된다. 선조시대의 선조, 이순신, 원균, 이원익, 유성룡, 김덕령 등의 인물들이 등장해서 벌였던 판이 420여년이 지난 지금의 문재인정권하의 문재인, 조국, 추미애, 윤석열, 이재명 등의 정치인들이 벌이는 그것과 놀랄 만큼 닮아있다. 여전히 조선에서 대한민국에서, 임금이든 신하든, 대통령이든 정치인이든 저마다 자객의 검을 숨기고 있다. 내편이 아니면 모두 적이다. 오늘도 내가 당하기 전에 내가 먼저 적의 숨통을 끊어놓고자 일격을 노리고 있는데…….

2
광해, 왕이 된 남자
(윤석열과 이재명)

광해의 심중일기는

선조의 뒤를 이은 왕은 광해군이다. 명과 후금사이에서 중립외교를 펼쳤던 광해군은 그 중립외교를 했다는 이유로 쫓겨났다. 그건 반정이 아닌 인조의 쿠데타였다. 인조는 선조와 마찬가지로 중국 중심의 세계관에 심하게 경도된 왕이었다. 그가 오랑캐라 욕했던 청 태종 앞에서 3번 절하고 9번 머리를 조아렸으니……. 조선 역사에 가장 치욕적인 날로 기록된 그날, 광해군은 제주도에 유배 중이었다.

여기서부터 상상력이 발동된다. 패륜군주로 낙인찍혀 죽어서도 왕의 칭호를 받지 못했던 광해군, 만약 그가 왕좌(王座)를 보존했더라면 조선의 역사는 어떻게 달라졌을까? 그에 대한 심중일기가 가능하겠다.

진짜 왕 같은 가짜 왕

여기 광해군을 다룬 영화가 있다. 그런데 진짜가 아닌 가짜 광해군이다. 영화 〈광해, 왕이 된 남자〉에서다. 가짜 왕 노릇을 하는 광해가 도승지 허균의 제안을 받아들여 진짜 왕이 됐다면……, 조선의 역사는 어떻게 달라졌을까? 영화에서는 상상력이 더 왕성해진다.

영화의 내용은 이렇다. 광해군 8년. 독살의 위험 속에 놓인 광해가 궁을 떠나있는 동안에 광해를 닮은 가짜 광해가 왕 노릇을 해야 한다. 도승지 허균은 저잣거리에서 부패한 조정과 권력자들을 풍자하며 살아가는, 이런저런 재주와 말솜씨가 뛰어난 만담꾼 하나를 데려온다. 하루아침에 왕이 된 그는 허균으로부터 말투, 국정을 논하는 법, 걸음걸이 등 왕의 법도를 배우면서 왕 대역을 시작한다.

그런데 놀라운 일이 벌어진다. 냉혹한 진짜 광해와는 달리 글자도 모르는, 천민출신인 그가 따뜻한 가슴으로 백성을 사랑하는 정치(政治)를 편다는 것이다.

다음은 진짜 왕의 면모(面貌)를 보여준 어전회의(御前會議)다. 신하들이 명에 보낼 조공의 품목과 수량을 광해가 윤허(允許)해 주자 이번에는 기마 5백두에 궁수 3천에 기병 1천을 더하여 총 2만의 군사를 파견토록 하겠다면서 그 이유를 말한다.

"이 나라가 있는 것이 누구의 덕이옵니까? 명이 있어야 조선이 있는 것 오랑캐와 싸우다 짓밟히는 한이 있더라도 사대의 예를 다하는 게 황제의 은혜에 보답하는 길이라 사료되옵니다. 윤허하여주시옵소서! 윤허하여주시옵소서!!"

광해가 처음에는 귀찮다는 듯이 경들이 알아서들 하라고 하다가, 아무리 그래도 이건 아니다, 너무 한다 싶었던지 자세를 바로하고 정색을 한다.

"적당이들 하시오 적당히. 대체 이 나라가 누구 나라요. 뭐라?! 이 땅이 오랑캐에 짓밟혀도 상관없다고? 명황제가 그리 좋으시면 나라를 통째로 갖다 바치시든가. 부끄러운 줄 아시오. 그깟 사대의 명분이 뭐요? 도대체 뭐 길래 2만의 백성들을 사지로 내몰라는 거요. 임금이라면 백성이 지아비라고 부르는 왕이라면 빼앗고 훔치고 빌어먹을 지언 정 내 그들을 살려야겠소. 그대들이 죽고 못 사는 사대의 예보다 내 나라 내 백성이 열 갑 절 백 갑절은 더 소중하오."

백성을 사랑하는 왕이 아니면 나올 수 없는 말이다. 그래서 한번 생각해 보자. 그는 천민출신으로 그 누구보다도 백성의 삶을 잘 알고 있었다. 거기다가 저작거리에서 고관대작들을 풍자하는 만담을 하면서 이미 그들의 부패와 부조리를 보고 들어 알고 있었으니, 그의 입장에서는 백성을 사지로 몰아넣는 그들의 사대(事大)에 분노하지 않을 수 없었을 것이다. 여기서 허균은 가짜 광해에게서 조선의 미래를 보고 한 가지 제안을 한다.

> "진짜 왕이 되고 싶은가? 사월이란 아이의 복수를 하고 싶다면,
> 백성의 고혈을 빼는 자들을 용서치 못하겠다면 백성을 하늘처
> 럼 섬기는 왕, 진정 그것이 그대가 꿈꾸는 왕이라면 그 꿈 내가
> 이루어드리리다."

가짜 광해는 그의 제안을 받아 들였을까? 왕을 만들어 준다는 데……, 누구는 왕이 되기 위해 조카 형제까지 죽이는 판인데, 나는 솔직히 그가 왕이기를 바랬다. 그러나 내 판타지와는 다르게 가짜 광해는 거절했다.

> "나 살자고 누군가가 죽어야 한다면 난 싫소. 내 꿈은 내가 꾸겠
> 소이다."

이러한 점에서 진짜 광해와 가짜 광해가 비교된다. 궁으로 돌아온

진짜 광해가 첫 번째로 내린 명령은 가짜 광해를 죽이라는 것이었다.

여기서 따져볼 문제가 있다. 역사속의 광해는 평가가 극명하게 갈린다. 한편에서는 명에 대해 신의를 저버리고, 인목대비를 폐하여 유폐하고, 영창대군을 죽인 폐륜을 저지른 폭군으로, 다른 한편에서는 존화주의(尊華主義)적 사대주의에서 벗어나 백성을 사랑하는 군주로 평가한다.

중국이 명·청 교체기에 왕이 된 광해는 임진왜란으로 황폐화된 조선을 재건해야할 시대적 사명이 있었을 것이다. 그러나 자기 정치를 펼치기에는 태생적 토대가 너무나 취약했다. 그는 후궁의 소생이었고 그것도 둘째였다. 근데 선조가 늘그막에 여자를 들여 아들을 보았으니, 인목대비한테서 영창대군이 태어난 것이다. 그 순간부터 그의 세자자리가 불안해진 것은 당연했다. 세자를 적자인 영창대군으로 바꿔야 한다는 논란 속에 왕위에 올랐으니 그가 인목대비를 폐하고 형제를 죽인 것에 대해 그로서는 할 말이 있었을 것이다.

그 후 인조쿠데타가 일어났고, 그 명분은 3가지였다. 위에서 말한 것, 폐모살제(廢母殺弟)와 명에 대한 배은망덕(背恩忘德), 그리고 백성을 토탄에 빠뜨린 궁궐중건이 그것이다.

그러나 생각해볼 문제는 인륜을 따진 폐모살제는 광해군한테만 해당되는 게 아니다. 조선 역사에서 그런 예는 얼마든지 찾을 수 있다. 태종 이방원이 그랬고, 세조 수양대군이 그랬다.

다음으로 중국 중심의 세계관이다. 선조만큼이나 무능했던 인조로 인해 중립외교가 무너지고 조선의 국토와 백성들이 청의 말발굽아래 처참하게 짓밟혔으니, 광해군의 중립외교는 지극히 당연했다.

전쟁이 나라의 흥망성쇠(興亡盛衰)를 좌우한다. 역사는 반복된다. 선조와 인조, 그 두 왕과 비교했을 때 문재인 정권은 어떤가? 단순히 조선과 명·청관계로 비교되는 그런 시대는 지났지만 지금의 대한민국에서, 자유민주주의와 시장경제라는 핵심가치를 공유하는, 아직도 초강대국인 미국과 주로 부품소재로 작년기준 25.8%를 수출하는 중국 사이에서, 거기다가 이런 저런 이유를 지어내 끊임없이 도발하는, 핵을 가진 북한을 눈앞에 두고 우리는 우리의 생존을 보존해야 한다. 어떻게? 이번 대선이 중요해진 이유가 여기에 있다.

간신과 충신

이 영화에서 왕을 살해하려는 간신들과 비교되는 우직하면서도 고

지식한 충신이 한 명 있다. 왕을 하늘같이 모시는 호위무사다. 그런데 그가 보기에 광해가 이상하다. 혹시 저자가 가짜가 아닐까 의심하는데, 때마침 그의 눈에 광해가 가짜라는 단서가 포착된다. 그는 주저 없이 광해의 목에 칼을 들이댄다. 다행이 옆의 중전이 나서면서 위기를 모면하지만, 호위무사는 대역죄를 범했다며 스스로 목숨을 끊으려 한다. 그때 광해가 말한다.

"목숨을 걸고 임금을 지켜야 할 호위무사가 지 마음대로 죽겠다고 칼을 물다니 그것이야말로 대역죄가 아니고 무엇이냐?! 내 목에 칼을 들이 댄 거야 열 번이라도 상관없다. 허나 네놈이 살아야 내가 사는 것. 니 목숨이 얼마나 중요 한지 모르는 것이냐? 이 칼은 날 위해서만 뽑는 것이다 꼭 기억해 두 거라."

광해의 그 말에 감동한 호위무사가 격하게 흐느낀다. 나중에 그도 왕이 가짜라는 걸 알게 되지만 그에게는 가짜 광해가 진짜 왕이다. 진심으로 백성을 사랑하는 마음을 가짜 광해에게서 봤기 때문이다.

궁으로 돌아온 진짜 광해가 가짜 광해를 죽이라 명하고, 추격자들이 가짜 광해의 뒤를 쫓는다. 그때 그들의 앞을 막아 선 사람이 있다. 바로 호위무사다. '그자는 가짜'라는 추격자의 말에 그가 비장하게 말한다.

"그대에게는 가짜일지 모르나 나에게는 진짜다."

　호위무사는 가짜 광해, 하선을 위해 싸우다 죽는다. 도망가던 하선이 되돌아와 호위무사를 안고 눈물을 흘린다. 마음이 짠해지는 장면이다. 대선을 앞에 두고 우리는 호위무사와 같은 진짜 충신과 하선과 같은 진짜 백성을 사랑하는 대통령을 원한다.

광해와 그림자

　지금 대한민국은 대선정국이다. 여권의 대선주자들은 문파들의 눈치를 살피며 대통령을 끝까지 지켜주겠다며 국민 앞에 공언한다. 과연 그럴까? 곧 있으면 우리는 그 말의 진심을 알게 될 것이다.

　뒤에서 다루겠지만, 영화 〈카게무샤〉에서 영주를 그대로 닮은 총알받이 가짜 영주는 그림자 그 이상도 그 이하도 아니다. 그는 단지 그림자 일뿐 자기의 정체성은 일도 없었다. 죽어가면서 까지도 그는 자기가 죽는 것이 아니라 그림자의 주인으로 죽는 것이다.

　그런데 가짜 광해는 자기의 정체성이 있었다. 그는 광해의 그림자로 궁궐에 들어갔지만 단지 그림자로만 살지 않았다. 그는 광해가 아닌 하선으로 말하고 행동했다. 도승지 허균이 그에게서 본 건 광해가 아닌 하선이었다. 그래서 허균은 그에게 왕이 되게 해주겠다는 제안을 했던 것이다. 그런데 광해는 거절했다. 그는 광해가 아닌 하선이기 때문이다. 그림자는 그림자 일 뿐, 그 주인을 절대 벗어날 수가 없다. 그 주인이 죽거나, 그림자가 주인을 배신해서 죽이기 전까지는…….

3

초한지 — 영웅의 부활

(윤석열)

불안과 공포

지금 우리는 코로나의 강을 건너고 있다. 불안과 공포가 드리워진 서울의 하늘을 올려다보며 이러다 내가 좀비로 변신하는 게 아닐까 하는 끔찍한 상상을 해보기도 한다. 불면의 밤에 어쩌다 잠이라도 들면 그 상상은 악몽으로 바뀐다. 여기 프란츠 카프카의 소설 〈변신〉에 나오는 한 대목을 인용해본다.

"어느 날 아침, 그레고르가 마음에 걸리는 꿈에서 깨어났을 때 자기가 침대 속에서 한 마리의 커다란 벌레로 변해있다는 걸 깨달았다. 그는 갑옷처럼 딱딱한 등을 대고 벌렁 누워있었다. 고개를 약간 처든, 즉 껍데기에 활 모양으로 불룩한 구갑 무늬의 갈

색의 배가 보였다. 그때 불룩한 배위에는 이불이 간신히 덮여 있었으나 그나마 벗겨질 것만 같았다. 커다란 동체에 비해 어이없을 만큼 가느다란 여러 개의 다리가 힘없이 눈앞에서 버르적거리고 있었다."

이 소설을 읽은 이후로 달라진 게 하나 있다. 벌레를 보면 혹시 누구의 변신이 아닐까 하는 의심부터 한다는 것이다. 그날도 그랬다. 숲길을 걷다가 엎어진 채로 등을 땅에 대고 하늘을 향해 하얀 배를 드러내놓고 배 옆으로 붙어있는 여러 개의 다리를 동시에 허우적거리는 벌레를 발견했다. 생김새가 하늘소였다. 나는 그 순간부터 이미 온갖 어이없는 상상을 하고 있었다. 이건 누구의 변신일까? 그레고르의 변신? 아니면 혹시 악마의 변신? 그러다 그 마지막에는 공정과 정의를 무너뜨린 자의 변신에까지 다다랐다. 그건……, 코로나의 강을 건너는 자의 악몽이었다.

악몽이다. 사람마다 악몽의 내용은 다를 것이다. 북한의 핵은 우리 모두의 악몽이다. 그것을 제거하기 전까지는……. 코로나는 전 인류의 악몽이다. 그 이전의 삶으로 돌아가기 전까지는……. 공정과 정의가 무너진 사회 또한 악몽이다. 그것을 바로 세우는 그 날까지는…….

선택적 공정과 정의로 편을 나눈, 임기를 다 채우고, 몇 달 후면 청와대를 떠나야 하는 청와대 주인도 감방에 있는 두 전직 대통령을 보면서, 그 때문에 악몽에 시달리고 있는지도 모를 일이다.

윤석열의 캐릭터는

나는 윤석열을 한 번도 만난 적이 없다. 집에서, TV 앞에 앉아 뉴스에 등장하는 그를 관람하듯 마주한 것이 전부다. 사실이 이럴 진데 내가 그를 평가하는 일이 그에게 어쩌면 무례한 일이 될지도 모르겠다.

그동안 나는 감독으로 100여 번의 영화오디션에서 10000여 명 이상을 심사했다. 그중 반쯤은 모니터로만 했다. 배우들은 카메라 앞에서 대사연기를 하고, 나는 모니터 앞에 앉아 모니터에 비쳐진 그들의 연기만을 보고 평가를 했다. 연극이 아닌 영화에서는 관객이 영화관에서 스크린을 통해서 배우와 만나게 되고, 그런 이유로 적어도 영화에서만큼은 이러한 심사방식이 더 효과적이다.

나는 그동안의 오디션을 통해 배우 지망생뿐만 아니라 일반 사람들의 캐릭터까지 분석하는 능력을 갖게 되었다. 영화감독의 입장에서 보면, TV가 윤석열의 캐릭터를 가장 객관적으로 보여주고 있는 셈이다.

심사에서 가장 중요하게 보는 것이 배우 자신이 연기해야할 인물의 캐릭터다. 어떤 배우는 단 한 줄의 대사와 한 순간의 표정으로도 임팩트를 넘는 전율까지 일으키게 한다. 그 배우는 분명 끼를 타고난 것이고, 그에게는 축복이다.

영화나 현실이나 살아가는 세상은 별반 다르지 않다. 캐릭터가 분명한 영화가 흥행에 성공하듯, 현실에서도 그런 인물은 언제 어디서든 주목을 받게 돼있다. 바로 윤석열이 그렇다. 거침없는 발언과 그에 따른 숨김없는 표정, 나온 배를 그대로 내밀고 뚜벅뚜벅 걷는 걸음걸이, 묵직한 동작 등등 그 하나하나가 영화 속의 장면들과 오버랩 된다. 지금까지의 정치인들 중에 윤석열 만큼 강렬한 임팩트를 주는 캐릭터를 영화 말고는 본적이 없다.

핵폭탄 검사 마동팔 같은

그 시작은 2013년 10월 21일 국정감사장에서다. 물론 나는 그날 저녁 TV뉴스에서 그를 처음으로 봤다. 평범하지 않은 외모의 검사가 일갈하듯이 말한다.

"저는 사람에 충성하지 않기 때문에 제가 오늘도 이런 말씀을 드리는 겁니다."

영화에서나 나옴직한 대사다. 그의 거친 목소리가 얼마나 강렬한지 송강호를 스타로 만들어준 영화 〈넘버3〉(1997)에 나오는 깡패보다 더 깡패 같은 '핵폭탄' 검사 마동팔(최민식)과 오버랩 된다. 그 마동팔 검사가 진짜 깡패한테 말하는 대사와 한번 비교해 보자.

"내가 이 세상에서 제일 좆같아 하는 말이 뭔 줄 알아? '죄는 미
워하되 사람은 미워하지 말라'야. 솔직히 그 죄가 무슨 잘못이
있어. 그걸 저지른 사람 놈의 새끼가 잘못이지."

영화 속의 마동팔 검사와 현실 속의 윤석열 검사. 두 사람의 캐릭터는 닮아 있다. 우리나라에도 저런 검사가 있구나 하면서도 내 하는 일이 검사와는 전혀 상관없는 분야라서 그의 존재는 서서히 잊혀졌다. 그럴 즈음에 그가 또다시 TV에 등장했다. 2016년 12월 어느 날 저녁 뉴스에서다. 이번에도 그의 대사는 그대로 내 심장으로 날아와 꽂혔다.

"검사가 수사권을 가지고 보복하면 그게 깡패지, 검사입니까?"

윤석열의 국민은

와~ 이 사람은 뭔가 일을 저지르겠구나. 그때부터 나는 그를 주목하기 시작했다. 그런데 그 후 어느 시점에서부턴가 그의 대사에는 국민이란 단어가 들어가 있었다. 2019년 7월 그는 검찰총장이 됐고, 다음은 취임사의 일부다.

> "저희 검찰은 국민과 함께하는 검찰이 되고자 노력하겠습니다. 국민으로부터 부여받은 권한을 오르지 법에 따라 국민을 위해서만 행사하겠습니다."

검찰과 함께하는 국민! 이 두 단어는 같이 있으면 서로 어색한, 어울릴 것 같지 않은 조합이다. 지금까지 이 두 단어를 하나로 묶어서 국민의 검찰로 말한 검찰총장이 있었던가. 그런데 그는 말했다. 그가 말하니까 국민과 검찰이 가까운 이웃인양, 오래전부터 서로 알고 지내왔던 친구사이인양 친근하게 다가간다.

윤설열의 화법은

이제 카메라는 항상 그를 따라 다닌다. 그도 알고 있다. 보통사람 같으면 말을 더 잘해야 한다는 강박 속에 하루하루를 보냈을 것이다. 그런데 그는 전혀 개의치 않는 것 같다. 그래서 의심해본다. 카메라 앞에 나서기 전에 리허설을 했을까? 아니면 누군가가 나서서 연출해줬을까? 나는 믿지 않지만, 정말 그랬다면 금방 들통이 났을 것이다. 윤석열 같은 캐릭터는 그런 귀찮은 일을 벌이지 못하기 때문이다. 대선출마를 선언한다면 그때부터는 달라져야겠지만 적어도 지금은 그렇다. 2020년 10월 22일 국회법사위원회 국정감사장에서 벌인 박범계와의 설전만 봐도 그것을 알 수 있다.

박범계 윤석열 정의는 선택적 정의라고 생각합니다.

윤석열 저는 그렇게 생각하지 않습니다. 그리고 삼성수사 철저하게 했습니다.

박범계 윤석열이 갖고 있는 정의감 공정심 의심을 낳게 됩니다.

윤석열 그것도 선택적 의심 아닙니까?

　　　　과거에는 저에 대해서 안 그러셨지 않습니까?

　　마스크를 쓰고 있어서 전체 얼굴 표정은 잡아내지 못했지만 감정에 따라 움직이는 몸짓으로 짐작컨대 그는 화를 참고 있었다. 그럼에도 당황하지 않았다. 상대방의 시선을 피하지 않고 상대방의 얼굴을 똑바로 쳐다보면서 거침없이 답변하며 반격했다.

그의 화법에는 특징이 있다. 그가 카메라 앞에서 메시지를 발표할 때도, 이번처럼 대본 없이 설전을 벌일 때도 그가 구사하는 문장은 크게 다르지 않다. 주로 단문위주로, 짧고 거칠고 강렬한, 직설적인 단어를 사용한다는 것이다.

이런 장면만 보고 있으면 윤석열은 피도 눈물도 없는, 최강의 전투력을 가진 캐릭터의 검사지만 꼭 그런 것만은 아닌 것 같다. 그가 사는 아파트 앞에서 딱 한 번 카메라에 잡힌 장면은 그의 다른 면을 말해준다.

강아지와 윤석열

그가 아파트 출입문을 나와 강아지를 산책시키는 모습이다. 그런데 그가 강아지를 끌고 가는 게 아니라 그가 끌려가고 있는 것이다. 그와는 어울리지 않은, 언밸런스 한 장면이었다. 그때까지 나는 그에 대해 한 번도 이런 윤석열을 상상해보지 못했다. 그런데 그도 강아지를 키운다. 같이 산책도 하고 강아지의 기분도 맞출 줄 아는 보통사람이었다. 그는 주변의 카메라가 부담이 됐던지 더 있고 싶어 하는 강아지를 강제로 끌고 들어갔다. TV에 비친 그 잠깐의 장면이 나를 유쾌하게 해줬다.

영화적으로 분석해보면, 그의 캐릭터는 훈련된 것이 아니라 타고난 것이다. 요즘 그의 높은 지지율은 분명 그의 캐릭터가 한 몫 했을 것이고, 그가 대권에 나선다면 이러한 것들이 그에게는 축복이 될 것이다.

첫 등장부터 지금까지 쭉 그랬다. 이제는 그가 카메라 앞에만 서면 그 공간은 뭔가 휘몰아칠 것 같은 긴장감이 흘렀다. 그는 눈을 번득이며 대한민국 거리거리를 누비는 한 마리의 맹수 같았다. 국가 공무원 중에 어느 누가 감히 시퍼런 집권세력의 권력에 맞서 윤석열처럼 피 흘리며 싸운 적이 있었던가.

윤석열의 상식과 정의

조국사태를 거치면서 그는 단숨에 대권주자로 부상했고, 2021년 3월 검찰총장직을 사퇴하면서, 이번에는 국민에 더해 상식과 정의를 들고 나왔다. 다음은 그의 비장한 입장문의 일부다.

"이 나라를 지탱해온 헌법정신과 법치 시스템이 지금 파괴되고 있습니다. 그 피해는 오로지 국민에게 돌아갈 것입니다. 저는 우리 사회가 오랜 세월 쌓아 올린 상식과 정의가 무너지는 것을 더는 두고 볼 수 없습니다. 검찰에서 제가 할 일은 여기까지입니다. 그러나 제가 지금까지 해왔듯이 앞으로도 제가 어느 위치에 있던지 자유민주주의와 국민을 보호하는 데 온힘을 다하겠습니다."

헌법정신과 법치 시스템! 자유민주주의와 국민보호! 그동안, 그 긴 세월동안 날마다 하나 둘씩 나라의 기본 틀이 무너져가는 것을 목도하면서도 코로나 거리두기로 집회조차도 못하고 집콕하면서……, 무기력하게 살아갈 수밖에 없는 사람들에게 윤석열의 이 입장문은 구세주의 언어 그 이상으로 다가왔으리라. 그것은, 이제는 이 절망을 끝낼 수 있다는, 그래서 나라를 다시 원위치로 돌릴 수 있다는 희망, 이제야 비로소 품을 수 있는 그 희망이 아닐까……?

사람들은 이제 그가 카메라 앞에 등장할 때마다 열광한다. 왜 그럴까? 다 나름 이유가 있겠지만 적어도 나는 이렇게 본다. 우리는 지금 공정과 정의가 무너진 분노의 시대를 살고 있다. 우리는 모두 절망을 얘기한다. 그런데 아무도 바라봐주지 않는다. 우리는 모두 미쳐 가는데 아무도 붙잡아 주려하지 않는다. 그때 윤석열이 등장했다. 그는 우리들의 분노에 같이 분노했고, 우리들의 절망에 같이 절망했다. 그리고 우리를 대신해서 그 절망과 분노를 더 크게 외쳐줬다. 비록 입장문은 몇 문장에 불과했지만 사람들은 그 메시지에 위로를 받고 희망을 발견했을 것이다. 나만 그런 게 아니고, 내 주변 사람들의 그에 대한

반응에서도 그것을 알 수 있었다.

그의 사퇴이후로 정치권은 겉으로는 시끄럽지만 그 밑에는 폭풍전야의 고요함이 묻혀있다. 이제 그는 어떤 메시지로 돌아올 것인가. 그가 더 큰 꿈을 꾼다면 나는 〈초한지 영웅의 부활〉을 가지고 그에게 조언을 한다.

세 영웅을 합체한 캐릭터는

〈초한지 영웅의 부활〉에는 캐릭터가 서로 다른 3명의 영웅이 등장한다. 항우와 유방, 한신이 그들이다. 윤석열의 캐릭터에는 항우의 거침없는 당당함과 유방의 친화력, 그리고 한신의 압도적인 전투력 등이 혼재돼있다. 그가 이 3명에게서 장점만을 취하고 그들의 전쟁에서 교훈을 얻는다면, 여기다가 장량 같은 책사가 그의 곁에 있어준다면 영화의 제목처럼 그는 영웅으로 부활할 것이다.

초한지-항우와 유방

이제 영화로 들어가자. 〈초한지 영웅의 부활〉은 2013년에 개봉했다. 영화는 죽음을 앞둔, 유일무이 절대 권력자 유방이 날마다 자신을 괴롭히는 악몽의 근원지를 찾아간다는 내용이다.

꿈에서 "악몽이다"를 반복하며 말 탄 한신과 항우의 군사들에 쫓기는 유방. 영화는 61세 유방의 내레이션으로 시작된다.

> "나는 한 왕조의 황제다. 내게는 철천지원수가 2명 있다. 그들은
> 평생 동안 꿈속에서 날 괴롭힌다. 한 사람은 항우고 또 한사람은
> 한신이다."

악몽에서 깨어나는 유방. 그때 소하가 상자 하나를 가지고 들어온다. 그 안에는 목이 잘린 한신의 머리가 들어있다. 유방은 다가가 한신의 머리를 살핀다. 악몽의 근원중의 한사람이다. 그런데 기뻐하는 표정이 없다. 다시 이어지는 내레이션이 그들 세 사람의 관계를 설명해 나간다.

> "한신은 나를 설읍에서 처음 봤다는데 나는 그런 기억이 없다.
> 단지 항우만 기억할 뿐이다. 처음 만났을 때 항우는 24세였고,
> 난 48세였다. 그는 모든 걸 가졌다. 귀족 신분에 잘생긴 외모와
> 용감한 자태, 막강한 군대까지 갖췄으니까. 물론 미모의 아내도
> 있었다."

그 당시 유방과 한신은 한낱 거리의 부랑자였다. 그런 미천한 촌놈들이 감히 어떻게 항우와 견줄 수가 있겠는가. 자신들의 신분으로는 꿈에서조차 그런 상상은 하지 못했을 것이다. 그들에게 항우는 대군을 이끌고 진나라에 맞서는 살아있는 전설정도였으니까. 당연히 그들의 소원은 항우의 부대에 들어가 그의 부하가 되는 것이었다.

유방이 건달생활 할 때, 진시황은 법가사상에 입각한 가혹한 법치로 백성을 다스리고 있었다. 여기저기서 원성은 높아만 가고……, 진시황이 죽자 중국은 진승오광의 난을 필두로 반란의 소용돌이에 빠져들었고, 역발산기개세(力拔山氣蓋世) 만인지적(萬人之敵) 항우는 숙부 항량과 함께 반란을 일으켜 연전연승하였다.

그 당시 유방도 아무 생각 없이 사는 겁쟁이 건달만은 아니었던 모양이다. 영화 〈초한지 영웅의 부활〉에서 그는 항우의 진영으로 가서 적에게 잡혀있는 아내와 부하들을 구하는 데 필요한 군사를 빌려달라고 간청한다. 항우는 그의 숙부인 항백의 반대에도 불구하고 유방에게 군사 5000명에 갑옷과 검을 내줬다. 이를 기점으로 두 사람은 '진나라를 멸망시키자'라는 공동의 목표아래 전장에 나갔다.

초나라 회왕은 유방과 항우에게 진나라 수도 관중을 먼저 함락한 사람이 관중의 왕이 될 것이라고 말했다. 항우가 진나라의 마지막 장

수 장한과 전투를 벌이고 있는 사이에 유방이 먼저 관중에 노착했나.
진나라의 마지막 황제 자영이 스스로 나와 유방에게 항복하면서 진나
라는 멸망했다. 그때 유방은 진나라 황성을 바라보며 외쳤다.

"왕후장상(王侯將相)의 씨가 따로 있나!"

그때 그는 천하의 주인이 되려는 야망을 드러냈다. 그날 이 후로 유
방과 항우 두 사람은 철천지원수가 되었다.

한편 항우의 진영에 있던 한신은 자신의 능력을 몰라주는 항우에
불만을 품고 유방에게 와서 대장군이 됐고, 기원전 203년 해하전투에
서 항우의 30만 대군을 격파했다. 항우는 자살로서 그 자존감 강한 패
왕의 삶을 마감했다. 항우가 죽기 직전에 심중일기를 썼다면 다음의
내용일 것이다.

"내 발끝의 먼지만도 못한 가소롭기 짝이 없는 촌놈들한테 패하
다니……, 아~ 하늘이 날 버리지 않고서야 어찌 이런 일이 일어
날 수 있단 말인가. 분하고 원통하구나. 홍문의 연에서 범증의 말
을 들었더라면, 반간계에 속아 넘어가 범증을 내치지만 않았어
도 이런 수모는 겪지 않았을 터, 내 어리석음에 누구를 원망하고
탓하랴. 나는 죽지만 초나라여 영원 하라."

마침내 유방은 통일천하의 대업을 완수하고 황제의 자리에 올랐다. 그러나 아직 다 끝난 게 아니었다. 그는 여전히 자신과의 전쟁 중에 있었다. 전쟁의 신이라 할 수 있는 한신이 살아있는 한 그의 악몽은 계속될 것이다. 영화는 황후인 여치가 악몽의 근원인 한신을 제거하면서 끝났다.

한신과 이순신, 역사의 갈림길에서

한나라를 세우는데 가장 큰 공을 세운 한신이 참살된다. 그는 유방을 원망하며, 자신의 토사구팽(兎死拘烹)의 신세를 한탄했을 것이다. 한신은 왜 자신을 죄여오는 유방의 책략에 대비하지 못했을까? '내가 한신인데, 누가 감히 나를?'이라는 자신감의 발로였을까? 아니면 '나는 아무 잘못이 없다'라는 저만의 믿음이 그를 안심시켰을까? 어찌됐든, 그는 순진한 사람이 돼 버렸다. 안타깝게도 그는 전쟁과 정치판이 완전 다르다는 것을 그때까지도 깨닫지 못한 것 같다.

승자의 역사가 말해주듯 기회를 놓치면 한순간에 모든 것을 잃는다. 기원전의 그때나 2200여년이 지난 지금이나 충성과 의리, 배신과 반란만으로는 다 설명이 되지 않는 비정한 정치판은 그대로다.

무능하든 유능하든 상관없이 정적을 제거한다는 점에서는 유방과 선조는 닮았다. 해전에서 승리한 이순신을 향해 만세를 외치며 환호하는 백성들을 보며 선조는 무슨 생각을 했을까? 해하 전투를 승리로 이끈 후 유방은 한신의 압도적인 군사력을 보며 무슨 생각을 했을까? 분명 유방과 선조는 전쟁 신에 대한 질투심과 그들이 언제 자기를 죽이러 올지 모른다는 두려움으로 밤마다 악몽에 시달렸을 것이다.

그렇다면 이순신과 한신은 어떠했을까? 단순 비교는 무리지만, 서로 소통을 했다면 동병상련을 느끼지 않았을까? 이순신이 누명을 쓰고 옥에 갇혔을 때 제일먼저 한신을 떠올리지 않았을까? 그 때 한신은 이순신에게 무슨 말을 해줬을까?

"나는 어리석어 당했소. 유방을 너무 믿었던 거지. 내 그래서 장군에게 충고하는 거요. 선조가 장군을 죽일 것이오. 다행이 장군이 누명을 벗고 풀려난다고 해도 그렇소. 전쟁이 끝나면 제일먼저 역모의 죄를 씌어 장군을 처형할 것이요. 그 전에 벼락 때리듯 신속하게 먼저 선수를 잡으시오. 이성계도 그랬고, 유방도 그랬소. 나라를 빼앗는 게 아니고 새로운 나라를 세우는 것이오. 왕후장상의 씨가 따로 있는 것도 아니고……. 무능한 왕에게 충성하는 것은 백성에게 죄를 짓는 것이오, 장군이 움직이면 분명 조선은 장군의 수중에 들어올 것이오. 그래서 새로운 이순신의 나라를 건설하시오."

한신은 끝내 정치인이 못됐다. 대장군으로만 남았다. 결국 문제는 시대정신이었다. 나는 그의 전쟁에서 시대정신을 찾아내지 못했다. 그는 유방이 품었던 꿈도 없었다. 설령 유방이 그를 살려줬다고 해도 그는 반역하지 않고 유방의 신하로 만족하며 살았을 것이다.

유방과 장량

한신과 비교해 봐도 장량의 삶은 만만치 않다. 그는 한나라 귀족가 문 출신이다. 진시황이 한나라를 무너뜨리자 복수를 결심하고 진시황 암살계획을 세우고 실행에 들어간다. 자객을 사서 전국을 순회하는 진시황의 마차를 습격한다. 그런데 똑같은 마차가 여러 대다. 자객은 그중 제일 화려한 마차에 철퇴를 던졌는데 그 마차는 진시황이 탄 마 차가 아니었다. 진시황은 전국에 수배령을 내린다. 장량은 성과 이름 을 바꾸고 피신한다.

대단한 사람이다. 그가 이런 일을 벌이고 있을 때 유방과 한신은 놀 고먹는 백수였고, 삼국지의 장비와 비교되는 번쾌는 개 도살자로 개 를 잡고 있었다.

장량은 은거하는 동안에 황석공이라는 사람에게 병법을 배운다. 책사로서의 실력은 그때 쌓은 것이다. 또한 그 당시에 그는 살인을 하고 도망 다니는 항우의 숙부인 항백을 만난다. 그가 위기에 처한 항백을 도와주면서 그 둘은 친한 사이로 발전한다. 나중에 항백은 '홍문의 연'에서 죽기직전의 유방을 구하는데 결정적인 역할을 해준다. 은혜를 갚은 것이다. 여기서도 장량의 지략이 아니었다면 유방은 목숨을 보존하지 못했을 것이다.

그 후 장량은 100여명의 장정을 데리고 유방의 진영에 합류한다. 내가 봤을 때, 그는 진시황을 암살 할 정도의 배포와 용기, 추진력 등 수장으로서의 충분한 자질을 지니고 있었다. 근데 왜 자신이 앞장서서 반란의 깃발을 들지 않았을까? 그것은 본인밖에는 모를 일이다. 유방에게서 제왕의 그릇을 봤던지, 아니면 자기가 책사 정도의 그릇밖에 안됐던지, 아무튼 그는 유방이 천하통일을 하는데 그 곁에서 주도적인 역할을 한다.

다음은 그가 유방에게 올렸던 간언이다. 그때나 지금이나 똑같이 왕은, 대통령은 충신보다는 간신을 더 믿었던 모양이다. 우리 역사를 봐도, 나라를 결딴낸 원흉은 주로 간신이었는데 말이다. 장량의 간언을 대권주자들은 경계로 삼을 일이다.

"충언은 귀에 거슬리지만 어떤 일을 행하는 데는 이롭고, 성분이 독한 약은 입에 쓰지만 병에 이롭습니다."

유방의 캐릭터는

이제 항우와 유방, 한신 그 세 사람의 삶과 캐릭터를 살펴본다. 영화 〈초한지 영웅의 부활〉의 내용보다는 사마천 〈사기〉를 토대로 설명한다.

먼저 유방이다. 기원전 247년생으로 폐현 땅에서 태어났다. 미천한 가문이다. 특별한 직업 없이 술과 여자를 좋아하는 한량이었다. 인정은 있었지만 성실한 사람은 못됐다. 항우와 견줬을 때 가문, 무술, 신체 등 어느 것 하나 항우를 능가하지 못했다. 재능도 항우에 비해 비교 우위에 있을지는 모르나 뛰어난 것은 아니었다. 항우에 심한 열등감을 가졌지만 그의 부하로 들어갔고, 나중에 천하패권 앞에서는 항우를 배신하였다. 한번 정한 목표는 수단 방법을 가리지 않고 달성했다. 다음은 사마천의 〈사기 고조본기〉의 평가다.

그의 외모는 '콧날이 오뚝하고 이마가 튀어나온 것이 용의 얼굴 같았으며, 멋진 수염을 길렀다'고 적고 있고, 그의 인물됨은 '어질고, 사남을 좋아했으며 베풀기를 즐겨하고 마음이 트여 있었다. 늘 넓은 도량을 갖고 있었으나 집안의 생산 작업은 돌보지 않았'고 설명하고 있다. 그가 자주 가는 술집이 2곳이 있는데, 늘 외상이었다. '술을 먹고 누워있으면 그 위에 용의 기운이 서려있었다. 그가 술집에 가면 사람들이 바글바글 했다. 사람들을 끌어 모으는 매력이 있는 인물이었다.'

그가 함양에서 진시황의 순회행렬을 구경한 적이 있었다. 〈고조본기〉에 의하면 '고조가 일찍이 함양에서 요역할 때 볼 기회가 주어져 진황제의 행차를 보았는데 한숨을 내쉬며 오호! 대장부가 저 정도는 돼야지'라고 했다.

항우도 회계 땅에서 행렬을 봤는데, 반응이 유방과 달랐다. 그는 숙부 항량에게 '저 자리를 내가 차지하겠다'라며 야심을 보였다.

비교해 보면, 유방이 상대를 인정하면서 방법을 찾아낸 반면 항우는 상대를 인정하지 않고 그 존재 자체를 아예 제거해버리려고 했다. 하나의 현상에 대한 두 사람의 서로 다른 태도는 그 후 전쟁의 승패를 가르는 중요한 요인으로 작용했다.

유방은 하급관리를 하면서 잘못을 저질러 피신을 하는 중에 진시황이 사망하고 진승오광의 난이 일어나자 패현으로 가서 현령이 되고,

그때부터 패공으로 불렸다. 기원전 208년, 그의 나이 39세에 군사를 모아 거병했다.

항우의 캐릭터는

다음은 항우다. 초나라 장군가문으로 서기 232년에 태어나 202년에 죽었다. 숙부 항량이 그를 키웠다. 키는 8척 장신이고 건강한 체구에 힘은 장사였으나 끈기가 부족했다. 어렸을 때 항량이 글과 검술을 가르쳤는데, 글공부도 검술도 끝까지 하지 못하고 중간에 포기했다. 왜 그러냐고 항량이 묻자 항우가 답했다.

"글은 이름 쓸 줄 알면 되고, 검은 한 사람만 상대하는 것이니 배울 것이 못됩니다. 나는 만인을 상대할 수 있는 기술을 배우고 싶습니다."

그래서 항량이 병법을 가르쳤다. 그러나 그것도 중간에 포기했다. 이것도 유방과 비교되는 것들이다. 유방은 99전 99패했지만 지치지 않고 계속 끈질기게 싸움을 걸었다. 반면 항우는 99승 1패했지만 그 1패로 모든 걸 잃었다.

진승오광의 난 때 항량은 살인을 저지르고 회계 땅으로 도피했다. 그곳에서 항우는 그 곳 군수와 그의 100여명의 부하들을 죽이고 군사 8000여명을 모아 항량과 함께 거병을 했다. 그때 그의 나이는 22세었다.

한신, 토사구팽당하다

한신은 초나라 회음 사람으로 기원전 231년에 태어나 기원전 196년에 죽었다. 가문이랄 것도 없는 가난한 집안 출신으로 빌붙어서 밥을 얻어먹는 거지나 다름없는 백수건달이었다. 소하의 추천으로 대장군이 되었다.

전쟁의 신으로 불릴 만큼 능력은 대단했으나 그의 그릇은 그만 못했다. 그는 해하의 전투를 승리로 이끌고 천하를 움켜지었다. 그러나 그 기회를 살리지 못하고 유방 밑에서 이리저리 생존을 궁리하다가 비참한 최후를 맞았다. 그는 장군으로서는 천하제일의 검이었으나 전쟁이 끝나고 평화 시에 인간관계속의 처세술은 그의 능력에 비해 한참 미치지 못했다. 소하가 그를 국사무쌍(國士無雙)으로 치켜세울 정도로 대단한 인물임에는 분명한 것 같다. 그런데도 그의 주변으로는 인재가 몰려들지 않았다. 같은 백수건달 출신으로 유방과 비교되는, 그의 인물됨을 엿볼 수 있는 대목이다. 곁에 장량 같은 책사가 한 명이라도 있었다면 그의 역사는 어떻게 달라졌을까……? 아쉬움이 남는다.

사마천의 〈사기〉는 황제들의 '본가'와 제후와 왕들의 '세가', 주요 인물들의 '열전'으로 돼 있는데, 사마천은 항우는 황제가 못됐는데도 '본가'에, 한신은 왕까지 했는데도 '세가'에 넣었다. 물론 한신은 나중에 초왕에서 회음후로 강등되긴 했지만, 사마천의 고민의 흔적이 보이는 배치다. 그러나 항우에게는 호의를 보였고 한신에게는 박했다. 다음은 〈사기 회음후열전(淮陰後列傳)〉에 있는 한신의 인물평이다.

만약 한신이 도리를 배우고 겸양의 미덕을 발휘하여 자기의 공을 과시하지 않고, 자기의 재능을 과신하지 않았다면, 그가 새운 공은 아마 주나라 천년 왕조의 기틀을 마련한 주공(周公), 소공(召公), 태공(太公)이 세운 공훈에 비견되어 후세들로부터 혈식(血食)을 받아먹으며 받들어졌을 것이다. (…) 이렇게 되려고 힘쓰지 않고, 천하의 정세가 이미 정해진 뒤에야 반역을 꾀했으니, 일족이 멸망한 것은 역시 당연한 일이 아닌가?

중국 북송시대의 사마광이 쓴 역사서 자치통감(資治通鑑)에서는 한신을 다음과 같이 썼다. 사마천의 평가의 범위를 크게 벗어나지 않았다.

무릇 시대를 틈타서 이익을 취하려는 것은 시정잡배의 생각이고 공로를 돌리고 은덕에 보답하는 것은 선비나 군자늘의 마음입니다. 한신은 스스로가 시정잡배의 뜻을 가지고 그 몸을 이롭게 하면서, 정작 다른 사람에게는 선비나 군자의 마음을 기대했으니 이는 어려운 일이 아닌가.

〈초한지 영웅의 부활〉은 〈자치통감〉, 〈사기〉와 내용을 달리했다. 영화에서는 한신을 두려워했던 유방은 천하를 통일한 후에도 악몽으로 괴로워하다가 결국 그에게 누명을 씌워 제거했다.

그러한 인물평에도 불구하고 한신은 대한민국에서 여전히 사랑받는 인물 중의 하나다. 한신으로 인해 회자되었던 말들, 국사무쌍(國士無雙), 과하지욕(袴下之辱), 배수진(背水陣), 토사구팽(兎死拘烹), 사면초가(四面楚歌) 등은 2200여년이 지난 지금까지도 유효하다.

내년 대선을 앞에 두고 대권주자들이 바쁘다. 배수진을 친 사람, 토사구팽당해 쓸개를 씹는 사람, 사면초가에 갇혀 빠져나오지 못한 사람, 과하지욕의 치욕을 견뎌내는 사람 등등 우리는 대권주자들이 어디에 해당되는지……, 객석에 편하게 앉아 영화를 관람하듯 그들의 일거수일투족을 바라보는 일은 흥미롭다.

백전백패의 유방이 항우를 이기다

한사람은 전부 가졌고, 한사람은 전부 갖지 못했다. 갖지 못한 사람이 갖고 있는 사람을 이기기 위해서는 자신이 가지고 있는 비교우위의 장점을 극대화 시켜야한다. 건달출신의 사람 좋은 유방의 경우가 그렇다. 여기서 그것은 덕치와 인재등용, 그리고 용인술이다. 백성에게 덕을 베풀고 자기에게 없는 재능을 가지고 있는 인재를 알아보고 등용하는 것이다. 다음은 그가 해하전투를 승리로 이끌고 난 후 부하 장수들에게 했던 말이다.

> "군막 안에서 계책을 짜서 천리밖에 승부를 결정짓는 것이라면 나는 자방(子房)만 못하다. 국가를 안정시키고 백성을 다독거리고 먹을 것을 공급하되 식량운송로가 끊기지 않게 하는 것은 내가 소하만 못하다. 백만 대군을 몰아 싸웠다하면 승리하고 공격하면 반드시 취하는 것이라면 내가 한신만 못하다. 내가 이들을 기용할 수 있었고, 이것이 내가 천하를 얻은 까닭이다. 항우에게는 범증 한사람뿐이었는데 그마저 기용하지 못했다. 이것이 그가 내게 붙잡힌 까닭이다."

정확한 분석이다. 유방은 인재등용과 용인술로 자기의 부족한 부분을 채워 메웠고, 더군다나 항우의 단점까지도 이미 파악하고 있었다.

다음으로 항우다. 자타가 인성하는 천하세일인으로, 그렇디보니 철저하게 자기중심적이고, 오만과 자존이 강했다. 상대가 누구든 무시하고 얕잡아보는 경향이 있었다. 자신의 힘을 과신한 나머지 주변의 의견을 귀담아 듣지 않았다. 초한의 역사를 가른 홍문연의 경우를 보자.

항우는 유방을 죽이기 위해 홍문의 연회에 유방을 불렀다. 그런데 하늘이 유방을 아꼈는지, 유방의 책사인 장량과 항우의 숙부인 항백이 서로 아는 사이였다. 장량이 그 전에 항백을 죽음의 위기에서 구해준 적이 있었다. 그런 인연으로 항백이 항우의 이런 음모를 알려주려 일부러 장량을 찾아갔다가 유방의 넉살좋은 인간성과 그 특유의 친화력에 넘어가 사돈까지 맺었다. 물론 뇌물도 받았다. 결국 그 날의 연회에서 항백의 방해로 항우의 책사인 범증의 유방을 죽이려는 치밀한 시도가 끝내 실패로 돌아가고, 항우는 다 알고 있으면서도 도망가는 유방을 추격하지 않았다. 얕보고, 저따위가 뭘 하겠냐며 유방을 살려보내 준 것이다. 여기서 항우가 범증의 의견을 따라 유방을 제거했다면 홍문연 이후의 초한지의 내용은 달라졌을 것이다.

보통 항우와 같은 이런 캐릭터는 막무가내로 잔인성의 끝을 보여주는 엄청난 일을 저지르기도 한다. 거룩대전에서 일어난 신안대학살이 그것이다. 진나라 장군 장한이 이끄는 30만 대군와의 전투에서 10만을 죽이고 승리한 항우는 범증의 권고를 무시하고 투항한 20만의 병사를 구덩이에 파묻어 생매장시켰다.

　이상으로 항우와 유방, 두 사람의 캐릭터를 나열해서 그 장단점을 살펴보았다. 항우는 모든 전투를 다 이겨 놓고도 마지막 딱 한번 패했을 뿐인데 모든 것을 다 잃었다. 이와는 반대로 유방은 모든 전투를 다 졌지만 마지막 딱 한번 이겼을 뿐인데 모든 것을 다 손에 쥐었다. 서로 극명하게 비교되는 캐릭터다. 유방은 도망가고 숨고, 치고 빠지고, 협상하고 배신하면서 끈질기게 생존해 나가는 캐릭터다. 이와는 반대로 항우는 전부(全部)가 아니면 전무(全無)로, 타협 없이 존재자체를 아예 없애버리려는, 단 한번으로 승부를 결정지으려는 캐릭터다. 이상의 두 캐릭터를 비교해 봤을 때 유방의 최종 승리는 당연한 귀결인지도 모른다.

　이제 질문이다. 위에서 나열한 두 사람이 가지고 있는 캐릭터의 차이가 전쟁의 승자와 패자를 가르는 결정적인 요인으로 작용했을까? 영화 〈초한지 영웅의 부활〉에서는 "아니다"라고 말한다. 그렇다면 군사적으로 절대 열세에 있는 유방이 절대 우위에 있는 항우를 죽이고 어떻게 패권을 거머쥐게 됐는지 설명이 필요하겠다.

항우와 유방의 시대정신은

　모든 시대에는 그 시대가 요구하는 시대정신이 있다. 나는 항우와 유방이 내세웠던 서로 다른 시대정신을 그들의 승패를 결정지은 그 첫 번째 요인으로 꼽는다.

　영화 〈초한지 영웅의 부활〉에서 항우는 진시황 영정이 중국을 통일하고 세운 제국을 해체하려했다. 이는 춘추전국시대로 돌아가자는 것으로, 그 당시의 시대적 사명을 거스르는 것이었다. 그는 황제의 자리보다는 다른 제후국들의 수장으로서의 초패왕에 만족했다. 영화에서 항우는 진나라를 멸망하고 유방이 살려놓은 마지막 진 황제를 사지를 토막 내서 죽인 후 부하 장수들을 모아놓고 일장 연설을 했다.

> "많은 이들이 내게 이곳에 살라 했지만 천만에, 또 다른 진시황이 되고 싶은 유혹을 뿌리치기위해서라도 난 이 황궁을 부술 것이다. 우리는 진나라의 과거를 답습하고자 정복한 것이 아니다. 법령에 따라 같은 색 옷을 입고, 같은 수레를 타며, 똑같은 언어를 말하도록 했다. 진시황은 모든 백성을 하나로 만들길 원했다. 나는 너희와 함께 하기 위해 영토를 19개로 나누었다. 내 곁에서 싸워준 전우들이여! 각자 영토로 돌아가 너희 고유의 말을 하고, 너희만의 역사를 써라."

이렇듯 항우의 시대적 사명은 제국의 해체에 있었다. 논공행상에 따라 유방은 한 왕에 봉해진다. 그날 한신은 그러한 항우에 실망해서 그를 떠나 유방의 수하가 된다. 천하통일의 시대적 요구를 거스르는 항우의 결정이 자신은 물론 유방과 한신의 역사까지 바꿔놓았으니, 그 당시에 누구인들 그들에게 다가올 운명을 어찌 짐작이나 할 수 있었겠는가.

항우와는 달리 유방은 한 왕에 만족하지 않았다. 거대한 진황궁을 바라보며, 마침내 그의 가슴속 야망의 문이 열리고 만 것이다. 그가 꾸는 꿈은 중국을 통일해서 황제의 자리에 앉는 것이다. 이는 진시황 영정이 건설했던 제국을 다시 일으켜 세우는 통일전쟁을 의미한다. 그의 시대적 사명은 천하통일인 것이다.

진정한 영웅이란

〈초한지 영웅의 부활〉과 비교되는, 천하통일의 대의를 역설한 영화가 있다. 장이모우 감독의 〈영웅〉(2002)이다. 때는 춘추전국시대, 천하통일을 눈앞에 둔 진나라의 왕 영정은 암살의 위험에 시달리고 있다. 그 자객들 중에 몇 명은 영정마저도 제압할 수 없는 천하제일의 무공을 지닌 고수들이다. 1만여 명의 군사가 궁궐을 에워싸고 있지만 영정은 안심하지 못하여 자신의 100보 안에 어느 누구도 접근할 수 없는 백보금지령을 내린다.

그러던 어느 날 홀연히 나타난 무명이라는 고수가 영정을 위협하는 그 자객들을 전부 죽였고, 그 공로로 그에게 10보 앞에서 영정을 알현하는 영광이 주어진다.

그런데 영정은 모르고 있었다. 무명이 진나라 침략으로부터 가족을 잃었다는 것을. 그는 원수를 갚기 위해 10년 동안 10보 안에만 들어오면 그 어떤 고수도 다 죽일 수 있는 십보필살검법을 익힌 자객이었다. 이제 영정을 죽일 기회가 왔다.

그러나 무명은 그 기회를 포기한다. 영정의 설명을 듣고 비로소 검(劍)의 정신을 깨달은 것이다. 그것은 바로 천하통일을 의미하는 것으로 영정으로 하여금 하루빨리 그 대업을 완수하게 하여 이 피비린내 나는 전쟁을 끝내야 한다는 것이다. 그러기 위해서는 개인의 사사로운 원한은 버려야한다. 무명은 그러한 천하통일의 대의를 위해 영정을 살려줬던 것이다.

이제 무명이 죽을 차례다. 그는 영정의 군사들이 쏘는 화살을 맞고 장렬한 최후를 맞는다. 그러나 그 어느 누구도 영정을 비난하지 않았다. 영정은 그를 후하게 장사지내준다, 무명은 죽어서 비로소 영화제목에서처럼 진정한 영웅으로 대접받는다. 그는 그 시대, 진나라의 시대정신인 천하통일의 대의를 위해 죽었기 때문이다.

윤석열의 시대정신은

〈영웅〉에서처럼 지도자에게 시대정신만큼 중요한 것은 없다. 그렇다면 윤석열의 시대정신은 무엇일까? 그는 기자들 앞에 설 때마다 공정과 정의, 상식을 말한다. 이제는 이러한 단어들이 그만의 전유물로 자리잡아가고 있다. 그런데 그것들은 4년 전에 문재인의 대통령의 당선 취임사에서 나온 단어들이다.

> "기회는 평등할 것입니다. 과정은 공정할 것입니다. 결과는 정의로울 것입니다."

대통령은 항상 공정과 정의의 집행자처럼 행동하고 말했다. 그러나 현실에서는 그렇지 못했다. 기회는 불평등했고, 과정은 불공정했고, 결과는 정의롭지 못했다. 특권과 반칙이 여전히 횡행했다. 조국사태에서 보듯 무 자르 듯 니편과 내편으로 편을 갈라 우리 편은 아무리 잘못해도 모른 척 용서하고 넘어갔다. 실상이 그런데도 대통령은 여전히 공정과 정의를 강조하고 다녔다. 이제는 상식까지 무너지면서 그것들의 개념조차도 헷갈리는 지경에 이르렀다. 이제는 그가 하는 모든 것들이 그냥 쇼로 보였다. 그가 그럴수록 윤석열의 공정과 정의는 더 돋보였다.

2021년 3월 10일, 윤석열은 세계일보와 인터뷰에서 요즘 왜 청년들이 분노하는 지 그 이유와 처방에 대해 설명했다.

"배경 없이 성실함과 재능만으로 지금보다 나은 삶을 살아보려는 청년들한테는 이런 일이 없어도 이미 이 사회는 살기 힘든 곳이다. 그런데 이번 LH 투기사태는 게임룰 조차 조작되고 있어서 아예 승산이 없다는 것을 보여준 것인데, 이런 식이면 청년들은 절망 하지 않을 수 없다. 이 나라 발전의 원동력은 공정한 경쟁이고, 청년들이 공정한 경쟁을 믿지 못하면 이 나라는 미래가 없다. 어려울 때 손잡아 주는 지원책은 꼭 필요하지만, 특권과 반칙 없이 공정한 룰이 지켜질 거라는 믿음을 주는 게 기본중의 기본이다. 그러려면 이런 일이 드러났을 때 니편 내편 가리지 않고 엄벌되는 걸 만천하에 보여줘야 한다. 확실한 책임추궁 없는 제도개혁 운운은 그냥 아무것도 안하겠다는 것이다."

이 인터뷰를 보면 그가 왜 높은 지지를 받고 있는지 금방 이해가 된다. 분노의 이유와 그 처방을 이렇게 명쾌하게, 쏙쏙 알아듣기 쉽게 정리해서 말하는 걸 보니 그렇다는 것이다. 앞으로는 나라를 이 모양 이 꼴로 만들어 놓은 정치인들의 궤변은 신경 쓰지 말자.

공정도 결국은 경제다. 그들에게 먹고사는 문제만큼 더 중한 것이 있을까? 나는 윤석열이 대권을 넘보는 사람으로서 갖춰야할 자질을 이 짧은 인터뷰에서도 보여줬다고 본다.

이렇듯 대통령이 독점해서 사용해왔던 공정과 정의가 어느 날부터 윤석열에게 넘어갔고, 내가 보건데, 지금은 그것이 윤석열의 시대정신이 됐다.

장량이 윤석열에게 쓰는 심중일기

틈만 나면 윤석열을 비난하는 사람들은 정치경험도 없고 국정경험도 없는, 경제도 모르고 외교도 모르는 특수통 검사출신이 뭔 대권이냐고 대놓고 조롱하지만, 〈초한지 영웅의 부활〉에서 유방과 한신은 비렁뱅이에 가까운 건달이었다. 그 당시에 그런 신분의 사람이 천하를 통일하리라고 어느 누가 감히 상상이나 했겠는가. 기원전에도 그랬는데, 21세기를 살아가는 대한민국에서 그런 천박한 말을 퍼트리는 사람들은 진영논리에 충실했다손 치더라도 부끄러운 줄 알아야 한다.

대권주자 중에 윤석열에 관심이 많은 장량이 그의 대권도전을 기대하며 조언을 한다면 어떤 내용일까 하는 흥미로운 상상을 해본다.

요즘 나는 자네에게서 항우의 모습을 보는 것 같네. 체격도 비슷하고, 화끈하고 거침없는 성질도 그대로 빼닮았어. 그럼, 내 주군 유방은 어땠냐고? 성질 좋은 건달이었지. 술잘 먹고, 넉살좋고, 친화력 좋은……, 그러니 사람들이 안 좋아하겠냐고. 유방만 나타나면 사람들이 바글바글 몰려들었어. 여자는 또 얼마나 밝히는지……, 여기 저기 까놓은 자식이 한 둘이 아니더라고. 그것 때문에 여치가 눈물깨나 흘렀지. 얼마나 가슴앓이를 했으면 나중에, 유방이 죽은 후에 유방의 여자들을 죽였을까? 지금도 여치, 여태후는 악녀로 불린다지?

이야기가 딴 데로 흘렀구먼. 자네, 미천한 가문출신의 유방이 어떻게 역발산기개세 항우와 싸워 이긴 줄 아는가? 그것도 계속 연전연패하다가 말야. 무술로 맞짱 뜨면 아마 유방이 칼을 뽑기도 전에 항우가 휘두른 칼에 그의 목이 달아났을걸. 그런데도 마지막 딱 한 번의 전투에서 승리해 천하를 손에 거머쥐었잖은가.

이제부터 내 얘기를 잘 들어봐. 전투에 나가면 말야, 항우는 저 혼자

잘났고 저 혼자 용감해서 저 혼자서 싸웠어. 그의 책사 범증은 꿔다놓은 보리자루였다니까. 반대로 내 주군은 같이 싸웠지. 모든 전략과 전술은 내 머리 속에서 나왔고, 살림은 소하가 했고, 싸움은 대장군 한신이 다 했지. 그럼, 내 주군은 뭐했냐고? 그냥 명령만 내리고 뒤에서 콧노래 부르면서 구경만 했어. 그래, 내 말을 듣고 자네는 뭔가 느끼는 게 없는가? 세상은 말이어, 이 세상은……, 내 성질대로 안되는 게 세상이야.

소하가 유방을 처음 만났을 때의 얘기를 해줄까? 그러니까 그게, 소하가 패현 땅에서 하급관리를 하고 있을 때였지. 어느 날 여공이란 사람이 그곳으로 이사를 왔어. 만만치 않은 인물이었던 것 같아. 그러니 패현의 현령이 그 여공을 위해 잔치까지 벌였겠지. 그 날, 그 지역 관리나 유지들이 초대를 받고 왔는데, 안으로 들어갈 때 입구에서 기부금을 받은 거야. 일천 전을 기준으로 그 이상은 상석에, 그 이하는 하석에 앉게 돼 있었지. 소하가 입구에서 그 일을 했어. 이제 사람들이 다 왔나 했는데, 그때 유방이 나타났지. 너무나 당당하게……, 그리고 방명록에 일만 전을 적은거야. 소하는 그가 땡전 한 푼 없는 거지라는 걸 알고 있는데도 말이지. 하도 어이가 없어서 그 뻔뻔한 얼굴을 쳐다봤지. 그런데 유방은 신경도 안 쓰고 안으로 힝~ 들어가 버리는 거야. 뭐, 저런 놈이 다 있지? 하며 어이없어 하는데……, 여공이 방명록의 적힌 일만 전을 보고 놀란 거야. 근데 일이 될 라고, 여공이 관상을 좀

볼 줄 아는 사람이었지. 유방을 불러 얼굴을 보니 와~ 범상치 않거든. 잔치가 끝나고, 여공은 유방을 따로 만나 자기 딸을 주겠다고 한 거야. 그렇게 해서 그 딸과 결혼한 거지. 그 딸이 바로 여치야. 후에 여태후가 되는…….

사마천이 〈사기〉에 다 써놓은 내용인데도 내가 왜 소하의 경우를 장황하게 설명 하냐면, 그만큼 유방이 배짱이 있는 인물이었고, 사람을 끌어들이는 힘이 대단했다는 거지. 일면식도 없는 사람의 잔치에 가서 그럴 수 있다는 게 아무나 하는 짓은 아니잖은가. 이런 사람보고 낯짝이 두껍다고 한다지. 유방의 경우가 그런 셈이구면. 좋게 보면, 자신을 세상의 중심에 놓고 현상을 주도해나가는 능력이 뛰어났다는 거지. 비록 건달출신이었지만……, 어쩌면 젊었을 때의 그 밑바닥 삶이 나중에 오히려 백성들을 이해하는데 많은 도움이 됐다고 봐야하지 않겠어?

이제부터 자네 얘기를 해봄세. 자네가 대권을 거머쥐려면 같이 싸워줄 사람이 필요해. 그렇다고 '국민의 힘'인가 뭔가 하는 당을 말하는 건 아냐. 거기는 국민을 가르치려고 드는 꼰대들이 많잖아. 잊을 만하면 막말도 해가면서……. 그들 중에는 진박도 있고 친박도 있더군. 거기는 자네의 리더십을 담아낼 그릇이 못돼. 이 시대 최고의 책사라 할 수 있는 김종인도 그런 충고를 하지 않았나. 그리고 얼마 전에 봤잖은가. 그가 당을 떠나고 나니까 기다렸다는 듯이 등 뒤에서 비수 꽂는 거……, 과거로 회귀하자고 여기저기 떠들고 다니는 것도 그렇고……. 요즘 주변에서 흘러나오는 말들이 사실이라면, 들어가기로 결심을 굳힌 것 같은데……, 당장은 편할지 몰라도 결국 자네는 범부로 전락할 걸세. 나 정도의 책사가 있어서 위기마다 계책을 내면 모를까……?

자네는 거침없이 표호 하는 호랑이야. 그런 성질은 권모술수에는 속수무책이지. 당해낼 재간이 없어. 모르긴 몰라도 금방 이빨 빠진 호랑이 신세가 될 걸세. 사람들은 그 모습을 보고 금방 실망할 것이고……. 그들은 다 자네가 야성을 가졌을 때 자네답다고들 하지 않는가. 그게, 그 성질이 자네의 타고난 복이자 무기가 아니겠는가. 절망의 시대는 자네 같은 인물을 요구하지. 자네는 변수가 아닌 상수야. 그런 눈으로 세상을 봐야지 거기에 걸 맞는 길이 열리네.

이번 보궐선거에서 정권심판의 물줄기에 휩쓸려 야당이 승리하긴 했지만, 그렇다고 '국민의 힘'을 지지했던 건 아니었네. 자네도 알잖은가. 안철수가 아닌 오세훈이 이긴 건 다 김종인 덕이라는 거. 근데 김종인을 욕하잖은가. 그들은 정치꾼들이네. 자기 이해관계에 따라 사람을 선택하는 정치꾼.

이제 자네의 시간이야. 자네가 어떤 결성을 하든……, 사네에게는 자네의 세상을 같이 바라볼 줄 아는 새로운 인재가 필요해. 그게 얼마나 중한지 내 경우를 들어 얘기해 주겠네. 초나라가 멸망하고, 나는 원수를 갚기 위해 협객을 자처했지. 그러나 진시황 영정의 암살시도가 실패로 끝나고, 피신을 다니는 중에 우연히 길거리에서 수천의 군사를 거느리고 있는 유방을 만났어. 첫눈에 비범한 인물이란 걸 알아봤지. 나는 그와 몇 마디 대화를 나눠봤는데, 뜻밖에 그는 내 말에 귀를 기우려 듣는 거야. 이해도도 뛰어났고. 그래서 나는 그 자리에서 그의 책사로 들어갔다네.

그 후 수많은 전투에서 내가 계책을 내서 죽기직전의 유방을 구해냈지. 그중 가장 힘들었던 게 팽성전투였어. 56만이 3만에 깨지면서 유방은 풍전등화의 위기에 몰렸지. 그때 참모 역이기가 계책을 냈어.

"지금 중요한 건 6국을 주군 편으로 만드는 것입니다. 그러기 위해서는 6국의 후예들을 제후로 세워야 합니다. 그렇게만 된다면 그들이 주군의 은덕에 감동할 것이고, 천하가 자연스럽게 주군께 귀속 될 것입니다. 그러면 항우도 어쩌지 못해 주군께 무릎을 꿇을 것입니다."

기막힌 계책이라고 여겼는지 유방이 크게 기뻐하고 있었는데, 내가 거기에 찬물을 끼얹었어. 그렇게 하면 죽는다고. 그리고 내가 그 이유를 설명했지.

'역이기의 방책이 성공하려면 주군이 항우보다 강해야 합니다. 지금 당장 항우를 이길 수 있다면 주군에 의해 제후에 봉해진 6국이 앞 다퉈 주군을 따를 것입니다. 그러나 주군이 전투마다 항우에 패하고 있는 상황에서 그들이 항우한테 맞아죽으려고 작정하지 않는 이상 주군 편을 들겠습니까? 가당치도 않습니다. 그리고 고향을 떠나 주군을 따르는 부하들은 뭐가 됩니까? 온갖 고생이란 고생은 다하고 있는데⋯⋯. 그들은 전쟁이 끝나면 손바닥만 한 땅이라도 받고자 그런 희망으로 목숨을 바쳐 싸우고 있습니다. 그런데 주군이 6국의 제후를 갑자기 봉해버리면 누가 남아있겠습니까?'

내 말을 듣고 있던 유방이 맞아! 맞아! 하면서 역이기를 욕하는 거야. 그럴 때 보면 그가 정말로 천하를 도모하려는 그 사람이 맞는가 싶어. 그 이후에도 몇 번의 위기가 있었지. 해하전투 이전의 상황이야. 한신의 북벌로 북쪽은 한신의 손아귀에 들어갔어. 한신이 대단한 일을 한 거지. 근데 문제가 발생했어. 유방이 한신과 연합해서 항우를 공격하려고 그에게 합류를 명령했거든. 그런데 한신이 내려오지 않고 제왕의 자리를 요구하고 나선거야. 당연히 유방이 기분이 나빴겠지.

화를 못 참고 씩씩거리는데, 내가 말했지.

"항우와 일전을 앞두고 내부 분란이 일어나서는 안 됩니다. 한신은 아직 봉지를 받지 못했습니다. 때문에 오지 않는 곳은 당연합니다. 그가 주군과 함께 천하를 나눌 수 있다고 믿는다면 지금이라도 올 것입니다. 주군께서는 그가 왜 안 오느냐 나무랄 것이 아니라 그가 원하는 것을 줘야 합니다."

그래서 유방은 한신에게 땅을 줬어. 공격에 앞서 내부를 안정시키는 게 무엇보다도 중요했던 거지. 당연히 한신은 내려와 유방과 합류했고, 해하의 전투에서 항우를 물리쳤잖은가. 천하통일은 유방이 내 계책을 이해하고 따라줬기 때문에 가능했던 거네.

한신 얘기가 나 온 김에 몇 마디 더 하지. 만약에 말이네. 북벌로 북쪽을 장악한 한신이 그때 유방의 말을 거절하고 움직이지 않았다면……, 그 이후의 중국 역사는 어떻게 달라졌을까? 아마 중국 천하가 항우와 유방, 한신으로 삼분 됐을 거네. 당연히 그 정세 하에서는 천하통일의 주도권이 한신의 손아귀로 넘어갔겠지. 근데 내가 그걸 왜 자네에게 안타까워해야 하지……?

어쨌든 한신 곁에 나 정도의 책사가 있었다면 유방의 의도를 알아

차렸을 것이고, 분명 반대 했을 거야. 내가 하고 싶은 이야기가 바로 이거네. 책사의 중요성은 아무리 강조해도 부족해. 유방보다는 항우와 한신을 더 닮아 보이는 자네에게 나 정도의 책사만 합류한다면 대권의 꿈은 그만큼 가까워지겠지.

이제 자네와 작별을 고해야겠네. 마지막으로 충고하나 하지. 일을 도모하는 데는 다 때와 기회가 있는 거여. 지금 자네를 보고 있자면, 거침없이 기적을 울리며 달리다가 갑자기 멈춰버린, 덩그러니 서있는 먹통 기관차의 모습 같아. 뭐? 완벽하게 준비한 다음에 한다고? 세상에 완벽이란 없네. 완벽한 인간도 없고. 이거저거 재고 따지고……, 자네 고시공부 하듯 하다보면 자네 앞에는 벌써 딴 세상이 와 있을 거여. 흐름은 끊기고 분위기는 바뀌있지. 그때는 이미 때가 늦은 거여. 한 달 전과 지금을 비교해 보게. '국민의 힘'에는 세대교체의 바람이 불고 있고, 이제 백신접종도 서서히 여유가 생기면서 누군가는 기사회생하고 있잖은가.

자네, 대체 뭘 주저하는가? 유방은 안 그랬어. 성질대로 일단 일을 저질러놓고 문제가 발생하면 그때그때 해결해 나갔지. 안되면 도망갔다가 다시 시도하고. 그런데도 대세(大勢)는 그의 편이었지. 왜 그랬겠는가? 유방에게는 시대정신이 있었거든. 천하통일이라는…….

자네를 보고 있으려니 답답해서 내 속이 다 터지는구먼. 고구마를 천개정도 입에 처넣은 기분이야. 그래서 자꾸 한신에 미련이 남는 건가 보내. 판을 뒤집을 수 있었던 그 두 번의 때와 기회를 놓친 한신이 말이여. 북벌과 해하의 결전에서……. 아둔한 놈, 도모 하려면 천하의 정세가 다져지기 전에 했어야지. 안 그런가? 이것이 뭐겠어? 한신이 자네에게 하는 충고여!

거듭 당부하거니와, 때와 기회는 자네를 기다려주지 않는다네. 벌써 김종인도 그런 말을 했더구먼. 자네에게서 '별의 순간'이 보인다고……. 나는 이 단어가 어디서 왔나 했어. 오스트리아 작가인 슈테판 츠바이크가 쓴 〈광기와 우연의 역사〉라는 책이 있는데, 그것의 원제목이 〈인류의 별의 순간〉(Sternstunden der Menschheit)이야. 독일어라서 눈에 금방 들어오더구먼. 동로마제국의 종말이나 워털루 전투, 윌슨의 좌절 등 순간의 선택이 전체를 결정짓는 다는 내용이야.

순간의 선택이 전체를 결정짓는다! 자네에게 해당되는, 이보다 더 적절한 표현은 없는 거 같네. 내 경우도 그랬어. 항우와 유방, 둘 중 누구하고 천하를 도모할 것인가……? 당시 대세는 항우였어. 압도적이었지. 그러다보니, 나라고 왜 고민이 없었겠는가? 그런데 말야. 한번밖에는 오지 않는다는 별의 순간을 결정하는 데는 단 1초도 걸리지 않았어. 그 순간의 선택이 중국의 역사를 바꿔버린 거지.

2200여 년 전이나 지금이나 사람이 하는 일은 똑같네. 지금 자네의 높은 지지율은 다 자네가 고군분투를 벌여서 쟁취한 것이여. 그게 자네의 성질인거고. 이제 진보와 보수를 따져 묻고 결정하는 시대는 지났어. 공정과 정의, 상식이 무너진 일상에서 사람들은 당을 보는 게 아니고 자네를 보고 있잖은가. 때와 기회가 왔네. 더 늦기 전에 자, 서둘러 깃발을 들게나.

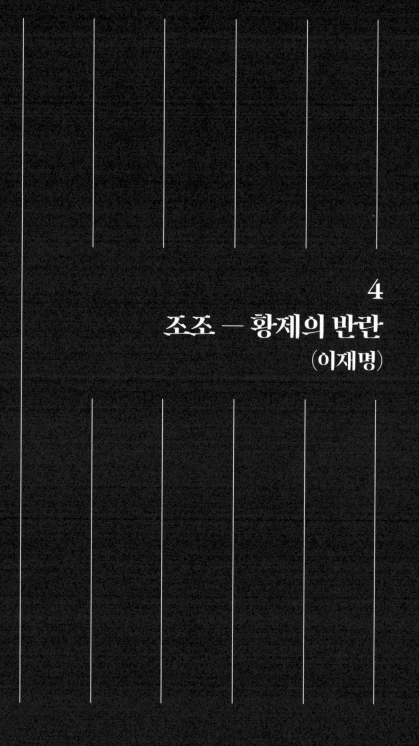

4

조조 — 황제의 반란
(이재명)

무림고수들의 전성시대

그들만의 세상, 여의도로 눈길을 돌리면 숨이 탁 막힌다. 꼴도 보기 싫은 저놈의 의사당, 올 장마에 흔적도 없이 떠내려갔으면 좋겠다. 정상적인 방법으로는 해결할 수 없는 이 절망적인 현실! 그래서 우리는 날마다 탈출을 꿈꾼다.

보통의 시골생활은 단조롭다. 나는 중학교를 졸업하고, 어느 날 읍내에 영화 보러 갔다가 시간이 남아 만화방에 들렸다. 네 벽면을 가득 채운 만화들을 뒤적이다가 표지가 낡은 한문제목의 무협지에 눈길이 갔다. 한권 뽑았다. 제목이 〈불공마영〉이었다. 몇 장 넘겨봤더니 강호라는 새로운 세상이 거기에 있었다. 이렇게 우연히 나의 무협인생이 시작되었다.

나는 고등학교에 입학할 때까지 무려 500여권의 무협지를 읽었다. 강호의 판타지가 내 꿈을 자극시키기에 충분했다. 그 2달 동안에 나는 무림의 고수가 되어 산과 들을 뛰고 달리며 용맹 정진했다. 그래봤자 기껏 주먹 지르기와 발차기가 전부였지만 마음만은 늘 강호에 가 있었다.

고등학교에 입학하면서 현실의 학생신분으로 돌아왔고, 나는 더 이상 무협지를 찾지 않았다. 그러나 아직도 몇 권의 무협지는 아련한 추억처럼 내 기억 속에 남아있다. 〈강호랑객〉, 〈불공마영〉, 〈천하제일검〉 등 대부분 와룡생(臥龍生) 작품들이다.

내가 읽었던 무협지의 틀은 이렇다. 어느 날, 주인공의 집안이 멸문지화(滅門之禍)를 당한다. 그러나 주인공만은 살아남는다. 복수심에 불탄 주인공은 우연히 기인을 만나 천년비전(千年祕傳)을 전수받고 무공을 몇 배 더 강하게 하는 영검한 신단(神丹)도 복용한다. 천하절색(天下絶色)과의 사랑도 빼놓을 수 없는 흥밋거리다. 주인공 또한 준수한 용모에 음양천골지체(陰陽天骨地體)를 타고 났다. 수백여 명의 고수들과 계속된 결투 속에 반전에 반전을 거듭하면서 끝내 주인공은 복수를 하고 무림을 평정하여 지존(至尊)의 자리에 오른다.

물론 사람들은 무협지의 뻔한 전개를 이미 다 알고 있다. 그러나 꿈과 현실, 희망과 절망이 서로 부딪쳐 충돌하는 한 무협지속 강호의 무림고수들의 전성시대는 계속될 것이다.

우리들의 영웅 이소룡

무협지와 함께 가는 것이 있다. 바로 무협영화다. 시작은 1960년대 말, 장철의 〈외팔이 검객〉 시리즈였다. 여기에 등장하는 주인공들은 하나같이 비장한 영웅들이다. 무협지를 보면서 이런 영화들을 관람했으니 지금 돌이켜보면, 그때 내 가슴속으로 끓어오르는 그 무림의 혈기를 내가 어찌 다 감당했는지 모르겠다.

나는 광주에서 고등학교를 다녔다. 광주시내에는 영화관이 지금 기억으로는 현대극장, 제일극장, 무등극장, 계림극장 등 10곳이 넘었던 것 같다. 읍내 2곳에 있는 영화관을 걸어서 산을 넘고, 신작로에서 완행버스를 타고 가야했던 중학교시절과는 달리 광주에서는 쉽게, 아주 편하게 영화관을 들락거렸다.

그때 나타난 영웅이 이소룡이었다. 〈당산대형〉을 시작으로 그의 유작인 〈사망유희〉까지 영화마다 나를 흥분의 도가니로 몰아넣었다. 호랑이 울음소리의 괴성을 지르며 전광석화처럼 휙 지나가는 주먹지르기와 발차기로, 또는 바람을 가르는 쌍절봉으로 눈 깜짝할 사이에 적을 쓰러뜨렸다. 그것은 연기가 아닌 예술이었다. 이소룡 만큼 오랫동안 나의 우상으로 군림한 배우는 없었다. 그러나 그는 〈사망유희〉를 촬영하는 도중에 32세의 나이로 세상을 떠났다. 그 충격으로 한동안 나는 허무의 세계로 들어가 방황했다.

1980년대는 희망이 없는 시대였다. 광주를 밟고 등장한 전두환 정권 7년 그 긴 세월동안 사람들은 영웅의 출현을 목말라했다. 내일이 보이지 않은 깜깜한 곳에서는 어둠의 자식들이 영웅으로 대접을 받기도 한다. "나 떨고 있냐?"를 남기고 형장의 이슬로 사라진 〈모래시계〉의 정치깡패 박태수가 그렇고, 부패한 공권력을 멋대로 희롱해서 대리만족을 안겨준 탈옥수 신창원이 그렇다.

강호의 의리를 외치다

그 절망의 시절에 이소룡 같은 배우가 나타났다. 〈영웅본색〉에서다. 의리가 사라진 세상에서 그가 강호의 의리를 읊조렸다. 긴 외투를 펄럭이며 최고로 멋있게……, 정글과도 같은 세계에서 의리는 목숨과도 비교되는 덕목이다. 주윤발이 그랬다.

나는 독일 유학시절에 〈영웅본색〉을 봤다. 아무리 노력해도 알아들을 수 없는 독일어와 이러고도 내가 학위를 할 수 있을까 하는 회의감 속에서 불안한 하루하루를 보내고 있었다. 그때 우연히 관람하게 된 이 영화가 소심해져만 가는 나를 두들겨 용기를 북돋아 주었다. 우리는 죽을 때까지 변치 말자는, 우정과 의리를 최고의 가치로 삼는 그들 건달들의 삶이 그 시절만큼 부럽게 다가온 적도 없었다. 나는 주윤발이 전파하는, 내가 살아있음을 느끼게 하는 그 에너지를 그대로 다 받아들였다.

지금 다시 보면, 〈영웅본색〉은 내용이 진부한, 건달들을 미화하는 시대착오적인 영화일 수도 있겠다. 그럼에도 사람들은 주윤발을, 주윤발이 연기한 영웅을 좋아한다. 그것은 우리 사회가, 우리 현실이 뒷골목 건달들의 세계보다도 더 타락했기 때문일 것이다.

"이 세상에는 갈 곳이 없다. 그들은 끝까지 따라온다."

영화 속 주윤발의 독백처럼 우리 사회는 이미 안전지대가 사라졌는지도 모른다. 법이 더 이상 그를 지켜주지 못하고, 그래서 그는 "바로 내가 신이다"라며 스스로 자기 운명을 주관하는 신 같은 존재이기를 원했다.

그 영화가 상영된 지 35년의 세월이 흐른 지금에도 우리는 그를 영웅으로 부른다. 공정과 정의, 상식이 무너지고 더 이상 그 어떤 희망도 품을 수 없는 악몽 같은 대한민국에서…….

그 젊은 영웅 주윤발이 이제 중년의 모습으로 나타났다. 영화 〈조조 황제의 반란〉에서다. 이제 그 시절의 에너지 넘치는, 멋 내는 젊음은 없어도 그가 살아온 세월만큼이나 그의 연기는 원숙했다. 나는 그에게서 조조를 봤으니까.

한 가지, 이재명은 주윤발을 닮지 않았다. 외모로만 따진다면, 〈적벽대전〉에서 조조 역을 했던 배우 장풍의에 더 가깝다. 아무러면 어떤가. 이재명과 주윤발, 조조는 적어도 나에게는 하나의 인물이다.

조조와 이재명은

두 사람은 닮았다. 서로 다른 극단적인 평가하며, 포기를 모르는 에너지하며, 거침없는 공격성하며, 이슈를 만들고 선점하는 탁월한 능력하며……, 이렇듯 우선 떠오르는 것만 나열해도 조조와 이재명의 캐릭터는 하나로 겹쳐진다.

먼저 조조의 캐릭터와 평가다. 그는 금수저. "삼사(三徙)의 가르침도 없었고, 과정(過庭)의 훈육도 듣지 못했다"는 그의 시에서처럼 어릴 적에는 학업보다는 맘껏 놀면서 망나니짓을 했다. 자기감정에 솔직하고 상황판단이 빠르다. 권모술수에 능하다. 잘 웃고 자유분방하다. 손자병법에 주석을 달 정도로 병법에 능했다.

평가는 극단적으로 이중적이다. 〈삼국지연의〉에서는 '치세(治世)의 능신(能臣)이고 난세(亂世)의 영웅'이었다. 〈후한서〉에서는 '치세의 간적(奸賊)이고, 난세의 영웅'이었다. 그는 천하를 구할 수 있는 사람, 즉 '명세지재(命世之才)'였고, 재주가 덕보다 더 낫다는 '재승덕(才勝德)'이었다.

다음은 이재명이다. 그동안 TV에 비쳐진 그의 언행을 통해 정리한 캐릭터다. 상황판단이 빠르다. 직설적이고 자기주장이 강하다. 임팩트를 주는 언어를 사용한다. 이슈를 만들고 선점하는 능력이 탁월하다. 주관이 뚜렷하고 추진력이 대단하다. 공격적이다. 에너지가 넘치고 목표를 정하면 끝까지 간다.

이세명의 시대정신은

인터넷에서 그의 최근 몇 년간 일관되게 주장했던 글과 말들을 한 군데로 모아보니 그의 시대정신이 보였다. 그것은 복지다.

"국민이 낸 세금 열심히 아껴서 다시 돌려주는 게 왜 공짭니까?"(1916년 9월 26일)

"백성은 가난보다 불공정에 분노한다."(2020년 9월)

다음은 그가 4월 29일자 페이스 북에 올린 글이다. 그가 추진하고 추구하는 것들이 무엇인지 종합적으로 알 수 있는 내용이었다.

"저는 찢어지게 가난했지만 기회가 많던 시대를 살았다. 서슬 퍼런 군부독재가 계속되고 제도적 민주화가 불비하여 지금보다 불공정은 훨씬 많았지만 오늘보다 나은 내일을 꿈꾸는 데는 모두 주저함이 없었다. '젊어서 고생은 사서도 한다'는 말은 그래서 가능했을 것이다. (…) 지금 청년들이 사는 세상은 너무도 다르다. 열심히 일해서 대출받아 집사고 결혼하는 공식은 이미 깨진지 오래다. 사회적 성장판이 예전 같지 않아 선택지는 줄었고 부모의 재력에 따라 나의 미래가 결정되는 신분제에 가까운 '세

습자본주의'가 심화되었다. 노동해서 버는 돈으로 치솟는 집값을 감당할 수 없으니 주식과 비트코인에 열중하는 것은 당연한 수순이었다. (…) 근본적인 해결책은 지속가능한 성장의 동력을 다시 만들어 내는 것이다. 최소한의 먹고사는 문제, '경제적 기본권'을 지켜내고 청년은 물론 모든 세대에게 존엄한 삶을 살 수 있는 다양한 선택지가 주어질 수 있어야 한다. 제가 줄곧 말씀드리는 기본소득, 기본주택, 기본금융 모두 그 방향을 향하고 있다."

불공정과 사회적 성장판, 성장 동력! 눈에 확 들어오는 단어들이다. 지금까지 읽었던 그의 글들 중에서는 이게 가장 명쾌하고 신선하게 이해되는, 그래서 부분적으로 내가 동의할 수 있는, 그리고 그가 현실의 실상을 제대로 진단해서 정책으로 제시한 그런 글이 아닐까 한다. 그 내용과 그 속에 흐르는 정서만으로도 그가 배고픈 시절에 넘었다는 보릿고개가 보인다. 그는 뼈 속까지 좌파는 아니었다. 내가 여태까지 그를 잘못 알고 있었다. 나 말고 내 주변의 사람들도 그렇게 말한다. 더 나아가, 여기서 이재명이 말하는 공정과 정의를 윤석열의 그것과 비교해보면 흥미로운 결과가 나오겠다.

조조가 이재명에게 쓰는 심중일기

이재명은 요즘 고민이 많을 것 같다. 먼저 민주당을 접수해야 하는데, 그 길이 험난하고, 그래서 가끔 악몽을 꾸기도 할 것 같고……, 그런데 이재명만 그럴까? 그를 끌어내리고자 머리를 짜내고 있는 같은 편의 그 누구도 불면의 밤을 보내지 않을까? 그런 이재명에게 조조가 심중일기를 썼다.

자네, 요즘 이런저런 궁리를 많이 하는가? 그렇다고 무슨 뾰족한 수가 있겠는가. 자네 성질대로 대처하겠지. 근데, 생각해봐. 청와대라도 맘이 편안하겠는가. 신하가 왕의 가려운 데만을 골라 긁어 준다면 그는 아첨꾼으로 간신이고, 왕이 잘못 가고 있을 때 왜 잘못 가는가를 정확하게 짚어 진언한다면 그는 충신인 것이지. 지금 청와대에는 그런 충신이 없어.

내가 왜 천하통일을 이루지 못했는지 아는가? 내 실력이 부족해서였을까? 아닐세. 나는 병법에 통달한 사람이야. 유비 그 겁쟁이는 처음부터 내 적수가 아니었어. 제갈량 그놈 재주만 아니었으면 진작 역사에서 사라졌을 인물이라고. 안 그런가? 적벽대전에서 하늘이 날 버린 거지. 멀쩡한 날에 왜 갑자기 바람이 부냐고? 생각할수록 분통이 터지는 거여. 그래서 내 두통이 더 심해졌는가 봐.

이제부터 내 말 잘 들어. 나라를 어떻게 경영해야 할지 내가 몇 수 가르쳐 줌세. 자네 요새 보니까 누가 요 쪼끔 싫은 소리만 해도 열 받는지 금방 표정에 나타나 더만. 그런가보다 하고 웃고 넘어가면 되지. 다 자네한테 관심이 있어서 그런 거여. 성질대로 하지 마. 그게 다 속좁은 짓이야. 백성들은 그런 짓 안 좋아하네.

천하의 인재를 등용하라

천하의 인재를 모시려면 나 조조처럼 해야 해. 나는 가문보다는 능력을 중시했어. 신분 안 따지고, 도덕적으로 흠이 많은 사람도 능력만 있으면 받아들였지. 심지어 나를 모욕한 사람도 중용했거든. 이런 경우도 있었네. 내 불알친구 원소 그 놈이 글쎄 제놈 주제도 모르고 나를 토벌을 하겠다는 거지 뭔가. 그래서 자기 밑에 있는 서기(書記) 진림이란 자에게 나를 비난하는 격문을 쓰게 한 거야. 들어봐.

"조조는 환관의 양자란 추한 씨알로 원래부터 덕이 없었는데 약삭빠르고 날쌘 것만 믿고 남을 능멸했으며 난리를 좋아하고 재난을 즐겼다. 조조의 수급을 얻는 자는 5천호 제후로 봉하고 5천만전의 상금을 주며, 부곡이나 편장 비장 군관 부속 관리들 중항복하는 자에게는 아무것도 묻지 않고 널리 은신을 베풀며 규

정에 따라 선양하고 시상한다는 것을 천하에 알린다. 모두에게
천자께서 속박 속에 살아가시는 어려운 처지를 알리고 법에 따
라 집행하라."

이 격문을 봤을 때 내 마음이 어떠했겠어? 자네라면 아마 눈이 뒤
집혀 칼 들고 그놈 죽인다고 문을 박차고 뛰쳐나갔겠지. 물론 나도 환
장했어. 그날 말이야. 그날도 두통이 심해서 누워 있다가 이 격문을 보
질 않았겠나. 얼마나 열불이 나던지, 그 지근지근했던 두통이 싹 다 사
라져 버렸지 뭔가. 자네, 그 후에 이 일이 어떻게 진행됐는지 아는가?
〈삼국지〉를 읽었으면 알고 있겠구먼. 바빠서 아직 못 봤으면 나관중이
것 말고 진수가 쓴 것 정사 〈삼국지〉를 권하네. 그러니까, 그 격문은 말
야, 나하고 전쟁하자는 선전포고가 아니겠는가. 원소 그 놈이 때를 잡
아 쳐들어오더구먼. 그 자는 소시 적부터 내 적수가 못됐는데, 명문가
집안이라고 지 애비 믿고 하늘 높은 줄 모르고 날뛰었지. 뭐? 내가 환
관의 자식이라고⋯⋯? 언젠가 손을 봐주려고 벼르고 있었는데, 잘됐
지 뭔가. 내가 관도대전에서 그 자식의 군대를 처참하게 쓸어버렸지.

내가 자네에게 해주고 싶은 말은 지금부터야. 자네라면 그 격문을
쓴 자 말이야. 글 솜씨는 있어 내 아픈 구석을 콕콕 찌른 그 진림이란
자 말이야. 자네라면 어떻게 처리하겠는가? 자네 그 성질대로라면 그
자를 잡아다 능지처참을 했겠지. 안 그런가? 뭐? 아니라고? 이젠 안

그런 다고? 잘했네. 대통령하겠다는 사람이 속 좁은 짓을 하면 안 되지. 그럼, 나는 어떻게 처리했냐고? 살려서 내 부하로 삼았지. 원소 그 자식 명령인데 그 서기인들 머리가 몇 개라고 못한다고 하겠는가.

사람들은 나를 천하의 몹쓸 놈으로 알고들 있는데, 그게 다 그 울보, 그 자 때문이 아니겠는가. 그 자식, 맨날 덕치(德治)니 뭐니 하면서 뒷구멍으론 호박씨 까는 놈, 도덕군자(道德君子)처럼 행세 하고, 시도 때도 없이 질질 짜면서도 지 실속 다 챙기는 그놈, 이정도 얘기했으면 자네도 그자가 누군지 짐작했겠지? 뭐? 모른다고? 이런~,

유비 아닌가. 유비. 자네가 모르는 것도 다 유교교육 때문인 거여~. 안 그런가? 그건 그렇고, 유비 지 놈도 똑같이 침략해서 백성 죽이고 나라 뺏었으면서 말야. 하여튼 관우가 왜 그 자식 밑에 있었는지 몰라.

나는 말이지, 덕치가 아닌 법치(法治)를 내세웠어. 늘 내 부하들을 아끼고, 백성들을 내 자식처럼 염려하면서 관대하게 대했다네. 이제, 궁금하지 않은가? 관도대전 후에 무슨 일이 있었을까? 뭐? 원소가 어떻게 됐냐고? 당연히 패망했지. 근데, 문제는 말야. 그자가 숨겨놓았던 비밀문서가 나온 거야. 거길 봤더니 내 부하 중에 원소와 내통한자가 한 둘이 아니더라고. 간첩 질 말야. 나도 적잖이 놀랬어. 자네 같으면 어떻게 처리했을까? 모두 색출해서 반역죄로 다 죽였겠지. 나는 그렇게 하지 않았어. 그 문서를 다 소각해서 그들의 죄를 덮어줬지. 그랬더니 그들이 나에게 진정으로 목숨 바쳐 충성을 다하더라고…….

자네, 내가 이런 말 저런 말로 나무라니까, 자네, 불쾌하지 않는가? 다 내가 자네를 사랑해서 그러는 거니까 이해하게나. 나는 천하통일을 못했지만, 자네는 내년 대선에서 꼭 왕좌에 앉길 바라는 심정에서야.

먹고사는 문제해결이 우선이다

요즘 중국 우안에서 발생했다고 주장하는 균, 그 균을 방역한다고 자네 성질대로 동분서주하고 있더구먼. 재난지원금도 나눠주고……. 자네가 장소 구분 없이 언급하는 기본소득도 그렇고……. 그런저런 것 땜에 자네 지지율이 올라간 것도 있지만, 그게 다 국가적 재난에 백성을 염려하는 마음이겠지. 안 그런가?

또 내 나라 얘기를 해야겠네. 내가 통치했던 위나라는 오랜 전란으로 경제의 중심이라 할 수 있는 농업이 무너져 내렸어. 농토가 황폐화되고 농민들은 유민으로 전락했지. 자네도 알다시피, 식량이 없으면 백성이 동요하고 사회가 불안해진다네. 군량이 없으면 군대가 나라를 지킬 수가 없게 되고. 그 당시 후한시대가 그랬어. 나에게는 이것이 보통 문제가 아니었네. 당장 전쟁을 치러야 하는데 먹을 게 없으니…….

나는 이 국난을 타개하기 위해 둔전제(屯田制)를 실시했다네. 오랫동안 버려진 땅을 개간해서 농민과 병사들에게 나눠주고, 농기구나 소 등을 빌려줘서 농사를 짓게 한 거지. 대신 그들은 수확량의 일부를 국가에 바쳐야 하고. 이 제도의 잘난 점이 뭔지 아는가? 맞네. 평상시에는 군인들도 농사일을 하다가 유사시에 전쟁에 나가는 병농일치(兵農一致)라는 거여. 이 제도가 성공하면서 백성들이 식량걱정 안하고 배불리 먹을 수 있게 됐어. 거 있잖은가. 영화 〈조조 황제의 반란〉을 보면 백성들이 나 조조를 칭송하는 장면이 나오잖은가. 그거 다 사실에 기초해서 만든 거라던데……, 영화감독이 그랬게 말하더구면.

이재명의 실리는

마지막으로 묻겠네. 자네가 내세우는 시대정신은 뭔가? 내가 보기에, '복지'같은데, 아닌가? 그동안의 자네의 글이나 연설을 살펴보면, 자네의 일관된 관심은 백성들의 기본적인, 최소한의 삶에 닿아있더구면.

나의 시대정신은 '천하통일'이었네. 진시황 영정도 그랬고, 고조 유방도 그랬어. 천하통일만이 전쟁을 종식시킬 수 있는 유일한 길로 봤거든. 결국은 자네의 복지나 나의 천하통일이나 다 나라를 부강하게 만들고 백성을 편안하게 하자는 거 아니겠는가. 그렇다면, 그렇게 만드는데 있어서 뭐가 중할까?

아까도 말했지만, 나는 도덕보다는 실리와 법치를 추구했네. 뇌물을 받아도, 불륜으로 사통을 했어도 상관하지 않았지. 오직 능력만 보고 중용했어. 천하인재를 찾아내려고 나라에 포고문을 내걸기도 했네. 한번 들어보게나.

"만일에 능력을 감안하지 않고 절대적으로 청렴하고 결백한 선비가 아니면 안 된다는 등 한가한 소리를 지껄였다면 과연 저 제나라 환공이 천하를 제패할 수 있었을까? (…) 또 형수와 은밀한 관계를 가졌느니 뇌물을 받았느니 비난을 들으면서도 한고조의 현신(賢臣)이 되었던 진평 같은 재능이 있는 인물이 어디엔가 분명이 있을 것이다."

내 포고문에 자네는 동의하는가? 자네의 성질로 봐서는 좋아할 것 같은데……. 조선시대를 한번 보게나. 실리보다는 도덕을 우선하는 유학자들도 분명 이 포고문을 읽었을 것이야. 목적을 달성하기 위해서는 수단과 방법을 안 가리는 나 조조가 그들에게는 절대 받아들일 수 없는 간웅이었겠지. 반면에 도덕을 중시하는 유비는 시대를 초월한 영웅으로 받들어 모셨을 것이고. 안 그런가? 그렇다면 말야. 그들이 살았던 조선에서 벌어졌던 임진왜란과 병자호란은 누구의 책임일까? 대답은 안 해도 자네는 알고 있을 거야.

엄한 법치로 가라

근데 말이여. 원리원칙을 따지고, 실리를 중시하는 부강한 나라를 만들려면 반드시 법치가 중심을 잡아 줘야한다네. 그래서 나는 먼저 엄한 법치를 통해 나라의 기강을 바로 잡았지. 여기서 엄한 법치와 가혹한 법치는 구분돼야 하네. 진시황은 가혹하게 법집행을 했어. 만리장성을 쌓는데 장마로 늦은 백성까지도 죽였잖은가. 그것이 인정사정 없는 법치였고, 그것이 진승오광으로 하여금 난을 일으키게 만들었어. 그 시절에 고조 유방도, 초패왕 항우도 봉기했었지. 결국 진나라는 멸망을 했잖은가. 나는 법을 집행할 때는 자의적인 법해석을 경계했고, 니편과 내편 구분 없이, 신분의 고하를 따지지 않고 공평하게 적용하려고 힘썼어. 권력자들이라고 미꾸라지처럼 다 빠져나가게 놔두면 그 순간부터 그건 법이 아닌 거여.

군대의 군법도 마찬가지였지. 한번은 그 법치에 내가 죽을 뻔한 웃지 못 할 일도 있었다네. 어느 날이었지. 군대를 이끌고 전쟁에 나가는 중에 밀밭을 지나가는 데 꿩 소리에 놀란 말이 밭으로 들어가 밀을 짓 밟아버렸지 뭔가. 순식간에 일어난 일이라서 나도 어쩌지 못한 거야.

행군하면서 농민의 수확물을 망가뜨리는 자는 사형에 처한다는 법 규정을 위반한 것이었지. 내가 얼마나 당황했겠는가. 아~ 내가 만든 법에 내가 죽어야 하다니……, 그렇다고 말을 사형에 처할 수는 없는 일이고. 그 순간 멋진 해결책이 떠올랐어. 내가 제갈량의 꾀가 있잖은가. 심각하게 군사들에게 말했지.

"내가 법을 위반했으니 내 목을 치겠다!"

그러면서 내가 검을 뽑았어. 놀란 군사들이 뒷걸음치면서 눈이 휘둥그레지는 거야. 아마 등골이 서늘해졌겠지. 그러나 생각해 봐. 내가 왕인데, 내가 총사령관인데, 여기서 내가 죽어버리면 우리 군대는 누가 지휘하겠나? 그래서 내 목 대신에 내 머리털을 싹둑 자른 거야. 그 광경을 보고, 부하들이 법에 대해 어떤 마음들을 가졌겠는가?

소탐대실하지 말라

아직도 해줄 말이 많은데, 대선 이후로 미루세 나. 내가 보는 자네의 매력은 지금 보여주고 있는 그 모습이야. 그게 나 조조의 모습이기도 하고. 가끔, 저기 저 높은 곳에 있는 누구에게 잘 보이려고 마음에도 없는 소릴 하는데, 그러지 말게나. 자네 그 속을 이해 못하는 바는 아니나, 유방과 항우를 합체해 놓은 강력한 경쟁자가 있을 때는 자네의 그 비교우위가 빛을 바래고, 대선에서 뼈아픈 결과로 나타날 수도 있거든. 자네가 우유부단해지면 그 순간 이미 자네는 자네가 아니야.

분노의 시대는 국민만 보고, 국민이 원하는 바를 거침없이, 주저 없이, 절대 누구 눈치 보지 않고, 단호하게 말하고 행동하는 그런 인물을 원해. 보궐선거에서 야당후보가 당선되는 정권심판론 하에서도 자네만 높은 지지율을 유지하는 이유가 뭘까? 여기 저기 다른 데 가지 말고, 방금 내가 말한 자네의 성질에서 찾으면 돼. 좋아하는 사람 있으면 싫어하는 사람도 있기 마련이네. 아무리 머리 싸매고 궁리해도 두 사람 다 만족시킬 수는 있는 비책은 없거든. 소탐대실하지 말게나.

마지막으로 한마디 더 함세. 시대는 다르지만, 자네는 나 조조를 빼닮았어. 나는 한순간도 내 운명을 던져버리고 도망가려 하지 않네. 전쟁에서 패배해 달아날 때도……. 나는 내 운명을 주관하는 주인이었지. 아마 자네도 그럴 거야. 부디 대권을 거머쥐는 이재명을 기대하네.

〈삼국지〉에서 조조와 유비는

지금까지 우리가 읽은 소설 중에서 〈삼국지〉만큼 여러 버전으로 나온 소설은 없다. 나관중의 소설 〈삼국지연의〉를 토대로 해서 쓴 소설 〈삼국지〉에서는 유비가 주인공이다. 촉한정통론에 입각했기 때문이다. 반면 진수의 역사서인 〈삼국지〉를 번역해서 쓴 역사 〈삼국지〉는 조조가 주인공이다. 여기서는 조조의 활동 무대인 위나라를 정통으로 본다. 이 역사서를 쓴 진수가 촉나라 사람인데도 위나라를 계승한 진나라에서 벼슬을 했기 때문에 조조에 더 우호적이었을 것이다.

이처럼 시대에 따라 작가에 따라 〈삼국지〉의 해석은 달라진다. 충효(忠孝)를 중요한 덕목으로 삼았던 조선시대에는 소설 〈삼국지〉가 사랑을 받았다.

나는 중학교 때 처음으로 아버지가 사온 월탄 박종화 〈삼국지〉를 읽었다. '도원결의'나 '삼고초려' '적벽대전'에서는 환호했다. 무협지만큼이나 재미있었는데, 그때는 월탄 〈삼국지〉가 주는 그 깊은 맛을 내 가슴으로는 느끼지 못했다.

대체로 반공과 충성을 강요하는 시대에 사람들은 유비, 관우, 장비, 조자룡, 제갈공명 등 죽을 때까지 충성을 다하는 인물들을 좋아했다. 지금은, 나는 조조의 매력에 빠져있다.

최근에는 등장인물들에 대한 다양한 해석들이 나오고 있다. 천하통일을 위해 황제를 제 손아귀에 넣고 마음대로 주무른 조조를 간신배가 아닌 영웅으로, 유비를 우유부단한 허약한 인물로 보는 사람들도 적지 않다.

요즘 조조의 위나라를 한의 정통성을 계승한 나라로 보는 중국인들이 많아지면서 영화도 그 추세를 따라가고 있다. 〈조조 황제의 반란〉(2012)에서도 조조는 백성을 걱정하고 죽음을 두려워하는 인간적인 영웅이다.

조조가 황제의 반란 진압하다

〈조조 황제의 반란〉의 내용은 이렇다. 서기 220년, 황제 헌제는 조조에게 나라를 빼앗길까봐 전전긍긍하는 무능한 인물이다. 황후와 대신들이 나서서 조조를 제거하기 위해 조조에게 죽임을 당한 사람들의 자식들을 데려다 자객으로 훈련시킨다. 그들은 무려 10년 동안 살인병기로 키워지는데……, 그들 중에는 서로 의지하며 사랑하게 되는 영저와 목순이 있다. 영화는 영저의 내레이션으로 시작한다.

"목순은 자기 마음속에 정원이 있다고 했다. 전쟁도 혼란도 없고, 학살도 죽음도 없는 곳. 목순과 영저는 그 마음속에서 산다.
그곳엔 논도 있고 입을 옷도 있으며 아들과 손자들도 있다. 목순
은 마음속에 희망이 있는 한 우린 죽지 않는다고 말했다.”

여기서도 희망을 말한다. 전쟁의 시대에는 평화를 향한 희망만이
그들을 살아가게 하는 힘의 원천이 되겠지만……, 아직은 마음속에만
있다.

“우린 한 사내를 죽이기 위해 길러진 것이다. 세상에서 가장 강
한 사내. 그를 죽여야만 자유를 얻을 수 있다. 난 동작대로 보내
졌다.”

드디어 동작대가 그 웅장한 모습을 드러낸다. 가장 높은 곳에 위치
한 조조의 궁궐로 절대 권력을 상징하는 곳이다. 그 동작대에 영저는
조조의 궁녀로 들어가고, 목순은 헌제의 환관이 된다.

조조의 곁에서 그를 보살피는 일을 맡으면서 영저는 비로소 알게
된다. 그녀가 죽여야 하는 사내가 바로 자기 앞에 있는 조조라는 것을.
그런데 조조는 영저가 자객이라는 것을 이미 눈치 채고 있었다. 그러
나 모른 척 따뜻하게 맞아준다. 아직 조조의 마음을 모르는 영저는 두
려움으로 조조를 대하지만, 시간이 지날수록 그녀의 눈에 비친 조조

는 보통의 인간이었다.

바깥세상에는 조조가 모든 것을 다 가진, 황제를 능가하는 권력자처럼 보였겠지만, 실은 천하통일의 꿈도 이루지 못하고 날마다 외로워하고 괴로워하는, 이제는 늙어버린 사내일 뿐이다. 그는 밤마다 악몽을 꾸면서, 언제 침입할지 모르는 자객에 대비하여 검을 옆에 두고 잠을 자는, 두통으로 고통스러워하지만 혹시 약에 독이 타있지나 않을까 의심하여 먹지 못하는, 자신의 병이 외부에 알려지면 나라가 위기에 빠질까 걱정하는 그런 왕이었다.

헌제는 자신을 지켜주는 조조가 언제 자신의 권력을 빼앗아 갈지 모른다는 두려움으로 살아가는. 그러나 너무나 유약한 나머지 조조를 어찌하지 못하는 황제다. 대신에 황후와 대신들이 조조를 죽이기 위해 동작대로 자객을 보낸다. 그러나 실패로 끝나고, 조조는 주동자들을 색출한다.

그런데 이상한 광경이 펼쳐진다. 백성들이 주동자를 압송 하는 수레에 돌을 던지고, 사지를 찢어 죽이는 형벌을 받고 죽어가는 그들의 모습을 보고 환호한다. 영저는 이해하지 못한다. 왜 백성들은 저리 좋아하는지. 그때까지 그녀는 조조의 죽음은 백성이 바라는 당연한 것이라고, 그리고 그녀가 자유를 얻는 유일한 길이라고 믿고 있었는데……. 그런데 백성이 환호를 한다. 그때 그녀 옆에 궁녀가 말한다.

"위왕을 죽이려 했으니 백성의 원망을 살만하죠. 온 세상이 전쟁
과 기근에 시달리는데 따뜻한 집과 배불리 먹을 밥이 있으면 아
주 감사한 일이죠. 위왕께서는 백성에게 이런 것을 베푸십니다."

그녀는 갈등한다. 악인인줄 알았던 조조가 백성의 환호를 받다
니……. 이제 어쩔 것인가? 그녀는 아무도 모르게 그녀를 찾아온 목순
에게 말한다.

"우린 왜 그를 죽여야 하지? 우리가 무슨 짓을 하고 있는 거야?"

갈등하는 영저의 태도에 의관이 걱정한다. 그는 10년 동안 자객들
을 훈련시킨 수장으로 자신의 신분을 숨기고 조조를 죽일 기회를 노
리는, 조조 곁으로 가장 가까이 갈 수 있는 인물이다. '한나라는 병들
었고 치료가 필요하다. 영원히 평화를 누리려거든 황제께서 권력을
되찾아야 된다.'며 설득하는 의관에게 영저가 말한다.

"주인님께서 바라는 그 세상에 나와 내가 사랑하는 사람의 자리
가 존재하지 않는다면 난 관심 없습니다."

영저의 부모는 여포와 초선이다. 조조가 여포를 죽였으니 조조는 그녀의 원수인 셈이다. 그런데도 그녀는 갈등한다. 조조를 죽이면 개인적인 원한은 풀 것이다. 그러나 목순의 마음속에 있는 세상, 전쟁도 혼란도 학살도 죽음도 없는 그런 세상은 오지 않을 것이다.

그런데, 조조가 천하통일을 한다면 정말 그런 세상이 올까? 의심을 해보지만, 선택의 여지가 없는 그녀로서는 믿고 싶었는지도 모른다. 결국 그녀는 조조를 죽일 기회가 왔지만 실행에 옮기지 못한다. 더군다나 조조에게 자유를 얻은 자객 목순은 성문을 나서다가 참살 당한다. 이제 그녀로서는 이 세상에 머물러야 할 이유가 사라진 것이다. 그녀는 함께 하자는 조조의 말을 뿌리치고 절벽 아래로 몸을 던진다. 그녀는 죽어서 비로소 목순의 마음속 세상으로 간 것이다.

조조의 시대정신은

앞서 영화 〈영웅〉에서도 시대정신을 언급했었다. 진나라 침략으로부터 가족을 잃은 무영이라는 자객이 원수를 갚기 위해 10년 동안 10보 안에만 들어오면 그 어떤 고수도 다 죽일 수 있는 검법을 익혔고, 마침내 영정을 죽일 기회가 왔지만 포기한다. 왜 그랬을까? 그것은 개인의 사사로운 원한을 버리고, 영정으로 하여금 하루빨리 천하통일의 대업을 완수하게 하여 이 피비린내 나는 전쟁을 끝내야 한다는 것이다. 무명은 그러한 천하통일의 대의를 위해 영정을 살려준 것이다.

진시황 영정과 조조의 시대정신은 다르지 않다. 그것은 천하통일이다. 〈조조 황제의 부활〉에서 조조도 영정과 똑같은 말을 하고 있다.

영화에서 조조는 자객 영저의 원수다. 그러나 영저도 〈영웅〉에서의 무명과 똑같은 이유로 암살을 포기한다. 다음의 두 사람의 대화에서 조조가 왜 전쟁을 치르는 지에 대한 답이 나온다. 그것은 천하통일이다.

영저　평생 싸워오셨는데 뭘 위해서였죠?

조조　바깥세상에선 모두가 일하고 싸워야 해. 한시도 멈출 수 없지. 모두가 뜻을 모으면 언젠가 천하를 손에 넣을 수 있으니…….

영저　소인의 세상은 소인이 아끼는 사람들과 쉴 수 있는 집이 전부입니다.

조조　가장 안전한 집은 땅 밑이야.

영저　모두가 흙으로 돌아간다면 천하를 얻은 들 무엇 합니까?

조조　천하를 얻으면 죽음, 혼돈, 학살, 나라간의 다툼이 끝나기 때문이지.

조조의 설명을 들은 영저는 생각한다. 조조가 말한 세상은 목순의 마음속 세상과 똑같다고. 그렇다면 조조의 천하통일만이 그런 세상을 가져올 것이다. 그녀는 무명과 마찬가지로 천하통일의 대의를 위해 조조를 죽일 기회가 왔지만 포기한다.

마찬가지로 자객 목순도 조조를 죽이기 위해 동작대로 숨어 들어가지만 영저나 무명처럼 조조의 천하통일의 대의에 설득당해 암살을 하지 못한다. 오히려 조조를 위해 목숨을 바치겠다는 맹세까지 하고 조조의 숙소를 나온다.

10년 동안 훈련시킨 자객단의 조조 암살은 실패로 끝난다. 이제 헌제의 운명은 어떻게 될 것인가? 헌제와 조조가 마주 앉았다. 두 사람은 자기가 바라봤던 세상만을 말한다. 서로 다른 세상이다. 조조는 지금까지 자기가 황제를 지켜왔다고 말하지만, 황제는 믿지 않는다.

조조   소신이 없었다면, 이 나라에 황제와 왕들이 몇 명이나 됐겠습니까?

헌제   위왕과 한 시대를 산건 내게는 저주요.

조조   백성의 복종을 위해 자신의 행복을 희생하는 자만이 나라를 다스릴 수 있습니다.

헌제   어서 날 해치우던가, 아니면 정권을 돌려주시오.

조조   폐하께서 15살 때 폐하를 모시고 수도로 온 이후로 폐하를
지켜왔습니다.
고조 유방처럼 천하를 통일할 수 있는 그런 통치자가 되셨다면
소신도 장량처럼 충신이 되어 폐하의 명만 따랐을 것입니다.

여기서도 천하통일의 시대정신이 나온다. 〈초한지 영웅의 부활〉에
서 설명했듯이 항우는 진시황의 통일 이전의 시대로 회귀하려고 했
고, 유방은 분열된 진시황의 통일제국을 다시 건설하려고 했다. 이렇
듯 시대정신과 함께 가는 인물은 성공했고, 거스르는 인물은 비참한
최후를 맞았다. 나라의 지도자가 되려는 사람들에게 그 만큼 시대정
신이 중요하다는 것을 여기서 소개하는 영화들이 입을 모아 강조하고
있다.

그러나 조조의 경우는 달랐다. 압도적인 권력으로 헌제를 몰아낼
수 있었지만 그는 죽을 때까지 허수아비 황제의 신하로 살았다. 그 이
유는 뭘까? 4백여 년을 이어온 한나라를 하루아침에 뒤엎는다? 자신
은 황실에 대한 충성을 명분으로 삼아 전쟁을 하고 있는데, 이를 뒤집
을 다른 명분을 찾기가 쉽지는 않았을 것이다. 무엇보다도 백성을 사
랑하는 그로서는 4백여 년을 한나라의 사람으로 살아온 백성들을 의
식하지 않을 수 없었을 것이다.

그는 끝까지 위왕으로 살면서 천하통일의 대업을 완수하지 못한 채 서기 220년에 사망했다. 8개월 후 그의 아들 조비가 헌제를 끌어내려 한나라를 멸망시키고 자신이 황제의 자리에 앉는다.

영화 제목이 황제의 반란인 이유

황제가 반란을 일으킨다. 왜? 세상의 모든 권력을 쥐고 있는 황제가 왜 반란을 일으키겠는가? 황제는 반란을 일으키지 않는다. 신하든 백성이든 누군가가 반란을 일으키면 황제는 진압을 할뿐이다. '조조의 반란', 이렇게 말하는 게 정상 아닌가. 그런데 여기서는 그 반대로 〈황제의 반란〉이다. 왜 그럴까?

그 이유는 딱 한가지다. 힘이 없는 허수아비 황제란 것이다. 그렇게 보면 제목이 이해가 간다. 황제가 빼앗긴 권력을 되찾기 위해 뭔가 음모를 꾸민다면, 그건 황제의 반란이 된다. 조조의 입장에서 보면 그렇다는 것이다. 조조는 자기가 황제를 보호한다고 생각하니까.

"내가 없었다면 황제는 다른 제후나 신하에 의해 진작 쫓겨났을 거야. 내가 그를 지켜주고 있는 거지. 안 그런가. 나의 이런 은혜도 모르고 나를 죽이겠다고? 그게 황제의 반란이 아니면 무엇이겠는가?"

나는 이 영화를 보면서 제목에서부터 이재명을 떠올렸다. 지금 그가 처한 상황이 영화 속의 조조와 같다고 봤기 때문이다. 그의 지지율이 고공행진을 하면서 여권이 그를 중심으로 돌아가기 시작했고, 사람들이 그 주위에 몰려들었다. 계산이 빠른 정치인들도 그의 뒤로 줄을 서고 있다. 그는 누구도 어쩌지 못할 권력을 만들어 가고 있는 중이다.

그럴수록 불안해지는 사람도 있다. 금이 간 장독이 땜질한다고 흠하나 없는 원래대로 돌아올 리도 만무고……. 그가 왕좌에 앉는, 상상하기도 끔찍한 일이 벌어진다면……, 보복하겠지? 보복 할 거야! 아~ 악몽이다. 악몽!

그 악몽을 꾸고 있는 그 누구는 더 늦기 전에 또 다른 누군가를 대권주자로 내세워 이재명을 제거하려는 음모를 꾸밀지도 모를 일이다. 경선연기론이 모락모락 나오고 있는데……, 그런다고 이제명이 앉아서 당해 줄까? 지금까지의 그의 잡초 같은 생존력과 거침없는 전투력을 떠올린다면 쉽지 않은 일이다. 그의 캐릭터로 봐서, 〈조조 황제의 반란〉에서의 조조처럼 그는 그 시도를 '대통령의 반란'으로 규정하고 모든 화력을 총동원해 무자비하게 진압해버릴 것이다.

영화에서 조조가 그랬듯이, 이재명은 정말 끝까지 그를 지켜주려고 했을지도 모른다. 그가 진영정치가 아닌 통합의 정치를 하고 백성을 편안하게 모셨다면 이재명은 그의 장량이 됐을 지도 모를 일이다. 믿지 않는 사람도 있겠지만…….

코로나와 이재명

바이러스의 지구 침공이다. 갑자기 창궐한 코로나가 인간의 삶을 뿌리부터 흔들어 놨다. 공포가 드리워진 대한민국. 사회적 거리두기로 인간의 관계마저 단절되고, 마스크를 쓰면서부터 서로를 알아보지 못하는 지경에까지 이르렀다. 이제 사람들은 각자 알아서 살아남아야 한다. 그 즈음에 나는 TV에 등장하는 이재명을 보게 된다.

윤석열과 마찬가지로 나는 이재명을 한 번도 만난 적이 없다. 그 전부터 관심이 없진 않았지만……. 그런데 그가 바로 눈앞의 적과 총격전을 벌이듯이 나타났다. 야전사령관의 모습으로. 그 날부터 TV에 등장하는 그를 눈여겨 보게 되고, 이번 대선에서 당선될지도 모른다는, 확률로 치면 상당히 높은 가능성을 전망하기에 이르렀다.

2020년 1월, 대한민국에서 처음으로 코로나 확진자가 발생했다.

사람들은 두려움으로 마스크를 쓰고 거리두기를 시작했다. 의료인과 정치인들은 저마다 처방과 전망에 대해 한마디씩 했다. 그 해 3월에 유럽이 통제 불능의 상황으로 빠져들면서 갑자기 이재명이 스포트라이트를 받았다. 그가 코로나에 대한 이슈를 만들어 내고, 그 이슈를 주도적으로 집요하게 끌고 가면서 부터였다.

재난지원금만 해도 그렇다. 처음에 그 단어가 그의 입에서 나왔을 때 내 주변에선 그냥 툭 한번 던져보는 말이겠지 하며 이재명 식 무책임한 포플리즘 정도로 넘겼다. 그런데 다시 그가 반복해서 그 말을 했을 때는 귀를 기울이기는 했지만 저러다 말겠지 하며 반신반의 했다. 여기저기 비난도 만만치 않았다. 여권에서조차 그를 공격했다. 그러나 그는 주변에서 뭐라 하든 상관하지 않고 계속 밀어붙였다. 그 과정에서 발생하는 온갖 잡음을 무시하거나 진압하면서 그는 끝내 경기도 전 도민에게 재난지원금으로 20만원씩을 지급했다. 나는, 사람들은 그를 다시 봤고, 그때부터 그가 말하는 것들을 신뢰하기 시작했다.

문제는 신뢰다

25년 째 나는 경기도 도민이다. 베네수엘라의 경우에서 보듯, 나는 포플리즘 복지에 부정적인 입장이다. 지금도 마찬가지다. 어쨌든, 돈은 통장으로 들어왔다. 그 동안 살면서 이런 용도의 돈은 받아 본적인 없다. 주말에 나는 모처럼 가족과 함께 식당에서 밥을 먹고 그 돈으로 밥값을 지불했다. 당시 기분이 어땠냐고? 나쁘지는 않았다.

식당 문을 나서면서 계산대 옆에 있는 알사탕 하나를 입에 넣고 오물오물하다가 어금니로 꽉 깨 부셨다. 순간 알싸한 맛이 입안에 폭죽처럼 퍼졌다. 그날 그 순간이 내가 이재명을 다시 보는 계기가 됐음은 분명했다. 앞으로 재원을 어떻게 마련할 것인가 하는, 그가 해야 하는 염려를 나도 안 한 것은 아니었지만……, 문제는 신뢰였다. 다른 것은 다 젖혀두더라도, 그는 자신이 내 뱉은 말에 책임을 지고 끝까지 약속을 지켜 준다는 것이다. 경기도민으로서 이보다 더 기분 좋은 일은 없을 것이다.

이재명의 화법은

이재명이 사용하는 화법은 단문위주지만 중문이 적당이 섞여있다. 그의 캐릭터대로 군더더기가 없고, 직설적이다. 중간 중간에 감성적인 단어나 공격적인 강렬한 문장이 들어가기 때문에 절대 지루하지 않다.

이재명은 항상 내가 상상하는 그 이상의 메시지를 내 놓는다. 그리고 쉬지 않고, 지치지도 않고 그 메시지를 전파한다. 그러는 사이에 사람들은 자기도 모르게 그 메시지에 익숙해지고……, 어느 날, 자기 머릿속에 똬리를 틀고 앉아 있는 그것을 발견한다.

뭔가 이슈를 만들고 그 이슈를 선점해서 스스로 생존해 나가는, 밟아도 금방 다시 일어서는 잡초 같은 생명력이 그저 놀라울 따름이다. 그의 지지율의 상당 부분은 이런 캐릭터 덕분일 것이다.

2021년 코로나 대한민국은

지금의 코로나 상황을 예견이라도 했듯이 〈감기〉가 2013년에 상영됐다. 그 당시에는 그런 영화가 있었는지도 몰랐는데, 지금 코로나 공포가 그 영화를 다시 주목하게 만들었다. 내용은 다음과 같다.

2014 홍콩, 밀입국자들이 컨테이너박스에 실린다. 그리고 9일 후, 그들은 아무 일도 일어나지 않을 것 같은 평온한 평택 항에 도착한다. 평상시처럼 운반책 형제가 나타나 악취가 코를 찌르는 컨테이너박스의 문을 열어젖힌다. 그 안의 밀입국자들은 다 죽어있고, 그중 유일한 생존자는 잽싸게 도망친다. 그 순간 운반책의 동생이 바이러스에 감

염되고……, 그때부터 그가 콜록 콜록 기침을 할 때마다 바이러스가 불특정 다수에게 전염된다.

누구나 쉽게 걸리고, 며칠 고생하면 낫는 감기가 코로나 바이러스처럼 대재앙의 전주곡이 될 것이라고……, 그때 어느 누가 감히 상상이나 했을까?

비상이 걸리고, 질병관리본부와 의료진이 컨테이너박스를 조사한 끝에 이 바이러스가 호흡기를 통해서 전염되고, 36시간 안에 감염자를 죽게 하는 변종조류독감이라는 것을 밝혀낸다. 그 순간부터 분초를 다투는 위기 상황이 시작된다. 그러나 분당을 폐쇄하는 문제로 의견이 갈린다. 의사들은 당장에 폐쇄를 주장한 반면에, 이해관계가 걸려있는 그 지역구 국회의원은 '분당시민이 46만이고, 분당에서 열리는 국제행사가 몇 갠데 그런 무책임한 소릴 하느냐'며 의사들을 몰아부친다. 이렇게 지들끼리 한가한 논쟁을 벌이는 시간에 도시는 벌써 혼란에 빠져들었다.

이제 총리까지 가세하여 조류독감의 위험등급을 '심각'으로 격상시킨다는 담화를 발표한다. 그 시간에 의료진도 기자회견을 한다. '아직 치료제는 없다. 앞으로 감염자와 사망자가 기하급수적으로 늘어날 것이다. 수 만 명이 죽을 수도 있다'라고 경고한다.

파멸로 가는 대한민국

늦어도 한참 늦은 그때서야 '국가재난대책본부'가 설치된다. 분당은 봉쇄되고, 마침내 대통령이 등장해서 말한다. 사태를 해결하기 위해 모든 노력을 다하고 있으니 조금만 참아달라고……. 그러나 골든타임은 이미 지나갔다.

대책본부는 분당에 있는 모든 사람들을 관리감염대상자로 격리수용한다. 그리고 악성루머를 막기 위해 인터넷 무선기지국을 폐쇄한다. 사전예고 없이 취해진 이러한 조치들로 분당의 분위기는 더 흉흉하게 바뀐다.

비감염자는 풀어주자는 대통령의 말에 총리와 미국에서 파견한 책임자는 한국만의 문제가 아니라며 반대한다. 이렇게 갈팡질팡 우왕좌왕하는 사이에 비감염자들이 폭동을 일으킨다. 자신들이 살 처분의 대상이 될 수도 있다는 공포에 빠져든 것이다. 이제 도시는 생지옥으로 변하고……, 죽은 사람과 아직 살아있는 사람이 구분 없이 뒤섞여 운동장에 파놓은 구덩이에 던져진다. 뒤이어 화염방사기에서 불꽃이 뿜어져 나온다. 가축의 살 처분과 오버랩 되는 전율스런 장면이다.

그러나 대책본부는 여전히 제 역할을 하지 못한다. 힘을 합해 일사

분란하게 대처해도 부족할 판에 대통령 따로, 총리 따로, 의료진 따로, 미국 책임자 따로 각자 다른 목소리를 낸다. 갈수록 비감염자들의 폭동이 과격해지면서 총리가 발포명령을 내린다. 여기도 레임덕인가. 대통령이 나서서 반대하지만 소용이 없다. 그러는 동안에 미국폭격기가 분당상공에 나타나고……. 미사일을 발사하려는 일촉즉발의 상황까지 간다.

이제 대한민국에 종말이 다가오고 있다. 그때 짜잔~ 하고 영웅이 나타난다. 그는 대통령도, 대책본부도, 정치인도 아닌 소방서 구조대원이다. 그의 활약으로 의료진이 생존자의 혈액에서 추출한 항체로 백신을 만드는데 성공한다. 한사람에서 시작된 감염이 도시 전체를 초토화시키고 나서야 멈춘 것이다. 영화는 7년 전에 이미 오늘을 내다봤다는 듯이 코로나와 사투를 벌이고 있는 우리에게 경고와 교훈을 주면서 막을 내린다.

대한민국을 구한 영웅은

〈감기〉와 우리의 현실은 끔찍하게 닮아있다. 영화에서처럼 위기의 대한민국을 구하고 있는 사람들은 대통령도 아니고, 정치인도 아니다. 그들은 바로 작년 1월부터 지금까지 16개월 동안 날마다 마스크를 쓰고 거리두기를 하고 있는 국민들과 현장에서 바이러스와 사투를 벌이고 있는 의료진이다.

백신은 과학이다. 마스크와 거리두기가 아닌 백신만이 이 코로나 시대를 종식시킬 수 있다. 〈감기〉에서도 그랬다. 백신이 파멸로 직행하는 대한민국을 구해냈다. 그 동안에 정부가 미리 백신이라도 충분히 확보했더라면 국민들은 지금 이스라엘이나 영국처럼 코로나 이전의 삶으로 돌아가고 있는 중이었을 것이다. 그렇게 돈 써서 홍보까지 하면서 자랑해온 K방역이 마스크와 거리두기 말고 또 뭐가 있었나……? 성과가 없었다는 말이 아니다. 그것이 절대 게임체인저가 될 수 없다는 것이다.

"우리의 치료제와 백신으로 인류의 생명을 구할 수 있기를 기대합니다."

2020년 4월 9일, 경기도 성남에 있는 한국파스퇴르 연구소에서 했던 대통령의 말이다. 날마다 마스크를 사기위해 약국마다 100여 미터 줄을 서던 때에, 마스크 하나로 일주일을 버티던 때에 대통령은 K방역을 너무 믿다보니 백신개발에 대한 대단한 자신감을 보였는지 모르겠다. 그때 국내개발도 하면서 해외도입을 같이 추진했더라면 한 동안 백신부족으로 인해 접종중단까지 가는 혼란은 없었을 것이다.

지금은 상황이 점점 좋아지고는 있지만, 우리가 백신을 충분하게 확보해서 한두 달 먼저 코로나 이전으로 돌아갔더라면 해외 제약회사의 백신투자에 들어간 금액의 몇 십 배의 달하는 경제효과를 누렸을 것이다.

지금에 와서 러시아백신이라도 도입하자고 하는 이재명이 그 당시에 그런 주장을 했더라면 어떻게 됐을까? '역시 이재명이야!'라고 하면서 쏟아지는 찬사를 독점했을 것이다. 그의 뛰어난 예지능력이라면 충분히 이러한 사태를 예견하고도 남았을 텐데……, 그로서는 아쉬움이 남는 부분일 것이다.

코로나가 가져온 고통의 무게는 작년 1월보다 15개월이 지난 지금이 더 버겁다. 절망의 시대에 문제는 지도자다. 대선을 앞두고, 이 코로나시대를 살아오면서 새삼 뼈저리게 느낀 게 있다면 바로 그것, 대통령을 바로 뽑자는 것이다.

5

윤석열과 이재명의
건곤일척乾坤一擲

인파이터와 아웃파이터의 대결

초한지의 영웅 유방과 항우, 한신이 각각 조조와 전투를 벌인다면 누가 최종 승자가 될까? 컴퓨터 게임 같은 흥미로운 상상이다. 한번 시도해 보자. 우선 나는 이들의 캐릭터를 복싱에 적용해서 승부를 가려보겠다.

아주 옛날, 70년대에는 복싱의 인기가 대단했다. 요즘 글로브 끼고 맞짱 뜨는 UFC와 비교해도 뒤지지 않는다. 가장 살벌한 체급이 헤비급이었다. 아직도 기억에 생생한 선수가 몇 명 있다. 인파이터 조 프레이져부터 시작해보자. 그는 당시 WBC와 WBA 통합 챔피언이었다. 그는 '나비처럼 날아서 벌처럼 쏜다'는 무아마드 알리를 다운시키고 타이틀 방어에 성공하면서 한동안은 그의 적수가 없을 것 같았다. 언론이 또 그렇게 떠들었다.

그런데 어느 날 더 쎈 놈이 나타났다. 조지 포먼이었다. 그는 모두의 예상을 뒤엎고 해머로 두들겨 패듯 무시무시한 펀치를 날려 챔피언을 2회 KO시켜버렸다. 모두가 얼마나 놀랬는지, 이제는 정말 이 지구상에서는 더 이상 그의 적수를 찾아내지 못할 것 같았다. 그의 무자비한 주먹의 강도가 인간의 상상을 초월했기 때문에……. 그런데 또 대이변이 일어났다. 치고 빠지는, 펀치력보다는 기술이 더 뛰어난 아웃복서 무아마드 알리에게 허무하게도 타이틀을 빼앗기고 만 것이다. 그것도 8라운드 역전 KO패로…….

복싱선수는 싸우는 스타일에 따라 인파이터와 아웃파이터로 구분된다. 주로 어떤 기술을 구사 하냐에 따라 결정된다고 봐야겠다. 주먹은 약하지만 스피드와 몸의 유연성 뛰어나다면 아웃복싱이 유리하겠고, 스피드는 느리지만 주먹 한방에 맷집까지 좋다면 인파이팅으로 갈 것이다.

현재 아웃파이터의 대표적인 선수로는 전무후무한 최고의 아웃복싱의 실력을 가졌다는, 50승 무패에 5체급을 석권한 메이웨더가 있고, 인파이터로는 앞으로 그런 선수가 나올 가능성이 제로에 가깝다고 찬사를 받는, 8체급을 달성한 매니 파퀴아오가 있다.

엊그제 같은데 벌써 6년이 흘렀다. 2015년 5월에 두 사람의 대결이 있었다. 기대와 긴장감으로 TV앞에 앉았다. 메이웨더는 전략 전술이 뛰어난 선수다. 그는 판정승으로 가기 위해 처음부터 수비위주로 나갔다. 1회부터 12회까지 매 회마다 치고 빠지고 껴안고 도망 다녔다. 파퀴아오는 주먹만 믿고 파고들다가 메이웨더의 페이스에 말려들어 매번 그의 펀치는 허공만 갈랐다. 보는 사람도 열 불나는 맥 빠진 경기였다. 결국 파퀴아오는 힘 한번 제대로 쓰지 못하고 판정패했다.

메이웨더를 바라보는 시청자의 마음은 어땠을까? 그래놓고도 이겼다고 환호하는 모습이 꼴 보기 싫어 나는 채널을 돌려버렸지만, 그가 곁에 있었다면 주먹으로 한 대 갈겨줬을 시청자가 한 두 명은 아니었을 것 같다. 그는 '나비처럼 날아서 벌처럼 쏜다가 아니라 나비처럼 날아서 껴안았을 뿐'이라는 호된 비난을 들어야 했다.

선수가 어떤 스타일의 권투를 하든지 간에 그들에게 중요한 것은 반드시 이기겠다는 의지와 그에 따른 전략과 전술이다. 아웃복싱을 하다가도 기회가 포착되면 재빨리 파고들어 벌떼처럼 공격하는 선수가 영리한 선수다.

그러나 사람들은 아웃복싱을 그리 좋아하지 않는다. 권투로 치면 인파이터인 항우가 그런 이유로 여전히 사랑받고 있는지도 모르겠다. 전쟁의 축소판이 사각의 링 일수는 없겠지만, 권투선수나 전쟁 중인 왕의 캐릭터는 분석이 가능하다. 나는 항우와 유방의 캐릭터를 비교해보기 위해 권투선수까지 끌어들었다. 여기서 항우를 인파이터로, 유방을 아웃파이터로 놓고 이 두 사람이 벌인 전쟁을 복기해 보면 조지 포먼대 무아마드 알리, 파퀴아노대 메이웨더의 권투경기와 별반 다르지 않다는 것을 알게 된다. 유방은 99전99패할 때까지 쉬지 않고 항우를 약 올리면서 치고 빠지는, 그래서 항우가 지치기만을 기다렸다가 마지막 해하의 결전에서 승부를 결정지었으니까.

반간계로 역사가 바뀌다

항우의 책사는 범증이다. 그의 꾀로 유방이 사지로 몰렸다. 항우가 유방이 도망가 있는 지금의 하남성 형양을 포위했다. 목숨이 간당간당하던 위기의 유방이 강화를 청했다. 이때 범증이 나서 '지금이 유방을 죽일 최고의 기회다. 이를 버리고 취하지 않는다면 나중에 후회할 것이다'라며 공격을 주장했다. 그러나 항우는 우선 유방에게 사신을 보내기로 했다.

범증 때문에 사지에 몰린 유방이 물었다. '항우에게서 범증을 떼어 놓을 수 있는 계책이 없는가?'라고. 그때 그의 책사 진평이 나서 거짓 정보를 퍼트려 적의 첩자를 역이용하는 반간계(反間計)를 구사하자고 했다.

기막힌 계책이라고 여겼는지 얼굴에 희색이 돌아온 유방은 연기(演技)를 한번 해보기로 했다. 큰 잔치를 벌여 항우의 사신을 맞이했고, 잔치 상 앞에 앉아있는 사신을 보고 '나는 범증이 올 줄 알고 큰 잔치상을 차렸는데 항우의 사신이 왔구나'라며 크게 놀라고 실망하는 척했다. 그리고는 형편없는 밥상으로 다시 내오게 했다. 그때 그 사신의 기분이 어떠했을까는 더 이상 설명이 없어도 짐작이 간다.

사신은 항우에게 돌아가 자신의 감정까지 보태 이 모든 것을 보고했다. 항우는 범증을 의심했다. 혹시 그가 유방의 첩자노릇을 하고 있는 게 아닌가 하고……. 범증은 자신을 대하는 항우의 태도에 크게 실망하여 '천하의 일이 정해졌으니 이제는 패왕께서 직접 하시라'며 사직을 청했다. 이에 항우는 붙잡지 않고 허락했고, 범증은 고향으로 돌아가다가 도중에 죽었다.

반간계는 병법인 삼십육계에서 33번째 계책이다. 이것이 항우와 유방의 마지막 결전에서 그들의 운명을 가른 결정적인 한방이 됐다.

해하의 전투 2년 전인 기원전 204년의 일이었다.

반간계가 역사를 가른 전례가 하나 더 있다. 오우삼 감독의 〈적벽대전〉에서도 나온다. 촉을 손에 넣은 조조는 이제 마지막 남은 손권의 오나라를 정벌하기 위해 100만 대군을 이끌고 출정했다. 삼국지의 하이라이트인 그 유명한 적벽대전에서 조조와 손권의 연합군은 일전(一戰)을 앞에 두고 대치하고 있었다.

조조 밑에는 채모와 장윤이라는 장수가 있었다. 그 둘은 투항한 장수였다. 조조는 수전(水戰)에 능한 그 둘에게 군사들의 훈련을 맡겼다. 이 사실을 알게 된 주유는 그 둘을 제거할 계책을 궁리했다. 그 끝에 찾아낸 것이 반간계였다. 그러던 차에 일이 되려고 주유와 안면이 있는 장간이 오나라의 항복을 받아내기 위해 사신으로 왔다. 주유는 그 기회를 놓치지 않았다. 채모와 장윤이 보낸 것처럼 꾸민 가짜 편지를 장간이 가장 잘 볼 수 있는 탁자위에 놓아두었다. 아무 것도 모르는 장간이 주유의 눈을 피해 그 편지를 읽었다. 거기다가 더해 옆방에서 그 두 사람의 비밀에 대해 속닥속닥하는 밀담까지 엿듣게 되었다. 장간이 생각하기를, 그 두 사람은 오나라의 첩자였다. 장간은 그 편지를 훔쳐가지고 돌아와 조조에게 고했다. 주유의 반간계에 속아 넘어간 조조는 채모와 장윤을 죽였다.

이 적벽대전에서 조조는 100만대 10만이라는 압도적인 군사력에
도 불구하고 손권의 연합군에게 참패했다. 그의 시대적 사명인 천하
통일의 꿈도 그 만큼 멀어져 갔으니……, 만약 수전에 약한 그가 반간
계에 넘어가지 않았다면 적벽대전의 결과는 어떻게 달라졌을까?

정치인들에게 가장 중요한 것은

총칼만 안 들었을 뿐 여의도는 지금 전쟁 중이다. 정치의 장은 권투
처럼 실력으로 정직하게 단 둘이 싸우는 링이 아니다. 온 사방이 다 적
이다. 언제 어디서 어떻게 당할지 모른다. 알고도 당하고 모르고도 당
한다. 도덕이나 윤리가 필요 없는 약육강식의 세계다. 그렇다고 강자
만이 살아남는 것도 아니다. 마지막에 살아남는 자가 강자다.

그래서 하는 말이다. 인간이 생존하는데 반드시 필요한 것들이 정
치인에게는 아닐 수도 있겠다. 그렇다면 그들에게 예나 지금이나 변
함없이 가장 중요한 것은 무엇일까? 계책이 아닐까? 이번 서울시장
보궐선거기간동안에 했던 김종인의 말들을 시간별로 정리해보면 오
세훈을 당선시키기 위한 그의 계책임을 알 것이다.

항우와 조조의 대결 승자는

이제 질문이다. 조조와 항우가 전쟁을 벌인 다면 과연 누가 승리할까? 이 미션이 떨어지자마자 조조는 항우와의 전쟁준비에 돌입했고, 날마다 항우를 죽일 온갖 궁리를 다 짜내고 있었다. 그것들 중에는 반간계도 포함돼 있었다. 스스로 제갈량의 꾀가 있다고 자부하는 조조인데, 그 정도 계책이 없겠는가. 그런 며칠 후에 결론이 났다. 항우 곁에 있는 책사 범증을 전쟁돌입 전에 먼저 제거하기로 말이다.

그렇다면 항우는 어떻게 전쟁을 준비하고 있었을까? 조조를 애송이라고 얕잡아보는 항우에게 범증이 유방과의 동맹을 고하고 있었다.

"조조는 천하의 반을 차지하고 있고 따르는 제후도 한 둘이 아닙니다. 혼자서 싸우는 전쟁은 승산이 적습니다. 유방도 조조를 두려워하고 있는 터, 유방에게 동맹을 청하면 유방도 쾌히 응할 것입니다."

그러나 항우는 거절했다. 그의 성질이 어디 가겠는가. 이유는 단하나 끊임없이 치고 빠지면서 괴롭히는 유방이 싫었기 때문이었다. 그러면서 의심했다. 범증이 혹시 조조의 꾐에 넘어가 자신을 배신하는 게 아닐까 하고…….

그렇다면 조조 입장에서는 결정적인 기회가 온 것이다. 적벽대전에서 주유의 반간계에 한번 호되게 당했던 적이 있는 조조는 항우에게 그 계책이 먹힐 틈이 생겼다고 판단하고 곧바로 작업에 들어갔다. 항우의 진영에서 범증을 싫어하는 인물 중에 한사람을 포섭하여 범증이 조조와 내통하고 있다는 그럴듯한 소문을 퍼트렸다. 항우는 그 앞뒤를 살펴 한번쯤은 의심을 해봤어야 하는데, 그 성질대로 분노하다가 그 반간계에 그대로 넘어갔다. 뒤이어 범증의 파직은 당연한 수순이었다.

이제 전쟁이 시작됐다. 항우는 파죽지세(破竹之勢)로 진격했다. 반면 조조는 계책을 가지고 좌우를 살피면서 나아갔다. 그러나 모두가 벌써 예상 했듯이 전투는 싱겁게 끝났다. 이미 결과가 정해진 듯이……. 각자 해하의 결전(決戰)과 겹쳐서 상상해볼 일이다.

한신과 조조의 대결승자는

한신은 조조로서는 쉽지 않은 상대다. 그는 며칠 동안 모든 가능성을 열어놓고 고심했다. 전쟁을 하지 않고 한신을 잡을 계책은 없단 말인가? 그때 조조의 책사 순욱이 말했다.

"주군, 그자를 회유해서 우리 편으로 만드십시오."

．

조조는 그의 말이 끝나기도 전에 무릎을 탁 쳤다. 그는 인재욕심이 많은 왕이었다. 관우를 자신의 부하로 삼지 못한 것이 못내 아쉬웠는데, 이번에는 성공할 것만 같은 예감이 들었다. 한신은 한때 항우 밑에 있던 자인데 대우에 불만을 품고 자기발로 유방 수하로 들어간 것만 봐도 그렇다. 일이 쉽게 풀릴 수도 있겠다. 조조는 곧 바로 작업에 들어갔다. 그 결과에 따라 전투의 승패가 결정되겠다.

이재명과 윤석열의 대결 승자는

지금까지 캐릭터 분석을 통해 조조는 이재명으로, 항우와 한신과 유방의 합체는 윤석열로 설명했다. 이렇게 삼국지와 초한지를 대한민국의 현실 속으로 끌어들였더니 그것만으로도 내년 4월 대선은 흥미진진해진다. 내 예상대로 대선이 윤석열과 이재명의 양자 대결로 간다면 그야말로 건곤일척의 혈투를 벌일 것이다.

그동안 캐릭터를 분석해온 나로서는 두 사람의 승패를 점칠 수는 있지만, 여기서는 논하지 않고 대신에 시 한수를 읊는다. 중국 당나라 시인 한유는 항우와 유방이 경계를 두고 전투를 벌였던 화남성의 홍구를 지나면서 과홍구(過鴻溝)라는 시를 지었다. 그는 그때 만감이 교차되는 심정이었을 것이다. 이 시의 마지막 구절에 '건곤일척'이 나온다.

용피호권할천원(龍疲虎困割川原)
억만창생성명존(億萬蒼生性命存)
수권군왕회마수(誰勸君王回馬首)
진성일척도건곤(眞成一擲賭乾坤)

"용은 지치고 호랑이도 피곤하여 강과 들로 나누어 가지니
이로 인해 억만창생의 목숨이 살아남게 되었네.
누가 임금에게 권하여 말머리를 돌리게 했는가.
참으로 한번 겨룸에 천하를 걸었구나."

6

카게무사 — 왕의 그림자
(윤석열과 이재명)

카게무샤와 대한민국의 정치인

전국시대 영주들은 항상 신변의 위협을 안고 살았다. 언제 어디서 자객들이 들이닥쳐 목숨을 앗아갈지 모르니까. 방을 바꾸거나 여러 대의 마차로 이동하는 것도 같은 이유에서다. 이것도 완전한 안전을 보장하지 못해 영주들은 자신과 외모가 비슷한 사람을 골라 대역을 시켰는데, 이런 자들을 카게무샤라고 한다. 자기대신 죽어주는 사람인 것이다.

아키라 구로자와 감독의 〈카게무샤〉의 첫 장면이다. 고정된 카메라의 6분여의 롱테이크는 그럼에도 긴장감이 흐른다. 똑같이 생긴 사람이 3명 앉아있다. 한사람은 영주인 다케다 신겐이고, 다른 한사람은 그의 동생인 노부카도고, 나머지 한사람은 처형장에서 데려온 살인혐의가 있는 도둑놈이다. 그들은 카게무샤에 대해 이야기하는 중이다. 근데 도둑놈이 배포가 여간 대단한 게 아니다. 겁도 없이 신겐을 나무란다.

> "난 겨우 잔돈푼이나 훔친 좀도둑이야. 하지만 당신은 수백 명을
> 죽이고 수많은 곳을 약탈했지. 누가 더 흉악할까? 당신? 나?"

이 말을 듣고 "이런 천한 놈을 봤나. 감히 나를 모욕하다니……"라고 하며 옆에 있는 검을 뽑아 도둑놈의 목을 댕강 칠 법도 한데, 신겐은 도둑놈의 물음에 친절하게 답을 해준다.

> "난 내 아버지를 내쫓고 아들까지 죽였지. 천하를 얻기 위해선
> 뭐든지 할 수 있어. 지금은 난세다. 누군가가 천하를 통일하지 않
> 는 한 피의 강물은 멈추지 않고 주검의 산만 높아지겠지."

그는 지금 왜 전쟁을 해야 하는 지에 대한 설명을 하고 있다. 그런데 그 도둑놈이 신겐의 그 말을 이해했을지 모르겠다. 물론 관객들에게 하는 대사겠지만, 그것은 앞서 소개했던 진시황 영정과 유방, 그리고 조조 등 영화 속의 인물들이 일관되게 내세웠던 그 천하통일과 다르지 않다. 그들은 시대와 나라를 달리해도 전쟁에 대한 이유로 시대

160

적 사명을 들었다. 그것은 통일을 통한 평화의 구축이라고 할 수 있다.

그러나 여기서 다루는 〈카게무샤〉는 주 관심사가 천하통일이 아니다. 제목에서처럼, 그림자로 살아가는 사람과 그 그림자의 주인에 관한 영화다. 다음은 신겐의 동생 노부카도의 대사다.

"남의 그림자 노릇을 한다는 게 말이야. 때로 내 자신으로 돌아가고 싶거든. 하지만 어리석었어. 그림자란 실체 없이는 존재할 수 없는 거거든. 난 형님의 그림자였는데 갑자기 형님을 잃다니……, 어째야 할지 모르겠어."

한동안 형의 카게무샤를 했던 노부카도의 갈등 속에 이 영화가 말하려는 메시지가 들어있다. 그는 형의 그림자로 살았지만, 형이 될 수는 없는 일이었다. 가짜가 변심해서 '내가 진짜 영주다'라고 우긴다면 진짜와 가짜 둘 중 하나는 죽어야 끝나는 비극의 시작이고, 극단적 정체성의 혼란으로 이어진다. 문제가 거기에 있는 것이다.

이 영화의 해외판은 미국자본으로 만들어졌다. 아카라 구로자와의 열광적인 팬이라 할 수 있는 미국의 감독들, 조지 루카스, 프랜시스 포드 코폴라, 스티븐 스필버그 등이 제작비를 대고 20세기 폭스사가 제작했다. 칸 영화제에서 황금종려상을 수상했고, 미국에서는 1980년에, 한국에서는 19년 뒤인 1998년에 개봉했다. 김대중 대통령이 취임하자마자 일본문화를 개방했고, 2번째로 수입한 일본영화가 바로 〈카게무샤〉였다.

신겐과 카게무샤

16세기 일본은 각 지방마다 영주가 다스리는 전국시대였다. 동쪽 지방을 다스리는 영주는 다케다 신겐으로 그의 군사력은 다른 지방의 영주인 도쿠가와 이에야스와 오다 노부나가를 압도했다. 신겐은 일본을 통일해서 평화의 시대를 열려는 인물이다. 영화는 이러한 시대를 배경으로 하고 있다.

신겐은 곧 죽어도 큰소리치는 도둑의 배짱이 마음에 들었던지 그를 카게무샤로 쓴다. 그런데 그 며칠 후에 그의 군사가 포위한 도쿠가와 이에야스의 성을 주시하다가 저격을 당해 중상을 입고 '3년간 자기의 죽음을 알리지 말라는 유언'을 남기고 죽는다.

가신들은 이 도둑을 카게무샤로 쓰기로 한다. 그런데 이 도둑 제 버릇 남 못준다고, 야밤에 물건을 훔치다가 항아리 안에 모셔있던 신겐의 시신을 발견하고 놀라 나자빠진다. 그때 나타난 병사들이 그를 포

162

박한다.

　그러나 죽일 수 없다. 모두를 속일 수 있는 자는 오직 그 도둑뿐이기 때문에. 신겐의 유언을 지키기 위해서라도……, 그가 카게무샤 역할을 해줘야 한다. 가신들이 계속 요청하는데, 그럼에도 도둑은 '온종일 그 짓을 하다가는 미쳐버릴 것이다'라며 거절한다. 가신들은 어쩔 수 없었는지 그를 풀어준다.

　가신들은 신겐의 시신을 넣은 항아리를 바다에 수장한다. 그때 그 근처를 서성이던 도둑이 수장하는 장면을 염탐하는 적의 첩자들을 발견한다. 그는 가신들에게 달려가 이 사실을 알린다. 그리고 신겐을 위해 일하고 싶다며 자기를 카게무샤로 써달라고 간청을 한다. 결국 그에게 카게무샤의 역할이 맡겨지고……, 호수에 실려 간 항아리는 용신에게 바치는 봉헌주로 첩자들을 속인다.

　그 날 이후로 그는 손자와 첩들에게 순발력 있는 입담과 임기응변으로 들키지 않고 그때그때마다 위기상황을 벗어난다. 자존심 강한 신겐의 아들 다케다 카츠요리는 카게무샤가 못 마땅하지만 달리 방법이 없어서 그에게 복종한다.

　그러던 어느 날, 카츠요리는 가신들의 반대를 무릅쓰고 군사를 일으킨 이에야스를 정벌하러 출정한다. 그 첫 니기시노 전투에서 카게무샤는 신겐이 그랬던 것처럼 싸우는 병사들 뒤에 떡하니 앉아서 산처럼 진중하게 무게를 잡는다. 그것은 그 자체만으로도 병사들에게 정신적 지주가 되어 사기를 북돋는다. 그의 호위병들은 그가 가짜라는 걸 알면서도 몸을 던져 날아오는 총탄을 막아준다. 이 전투를 통해 그는 카게무샤가 아닌 다케다 가문의 진짜 신겐이 돼 있었다.

어느새 약속한 3년이 다가오고……, 어느 날 그는 신겐만이 탈 수 있다는 흑마를 타다가 낙마한다. 그때 그의 몸에 신겐의 몸이라면 당연히 있어야할 흉터가 없다는 게 밝혀지면서 그의 정체가 탄로 난다. 그는 쫓겨나고, 이제껏 열등감으로 살아 온 신겐의 아들 카츠요리가 가문을 잇는다. 카츠요리는 절대 움직이지 말라는 신겐의 유언을 무시하고 전 군사를 이끌고 오다·도쿠가와의 연합군과 전쟁하러 나간다. 그러나 그의 기마대와 보병대는 나가시노 전투에서 연합군의 조총과 철포 앞에 추풍낙엽처럼 쓰러져 전멸한다.

자유의 몸이 됐는데도……, 그 근처를 배회하던 도둑은 자신이 신겐인 것처럼 사람과 말의 시체가 너부러진 들판에서 적진을 향해 돌진하다가 총을 맞는다. 그는 피를 흘리며 강가로 가는데, 그곳에서 떠내려가는 신겐군의 깃발인 풍림화산을 발견하고 그것을 잡으려고 허우적거리다가 숨을 거두면서 영화는 끝난다. 도둑은 신겐의 카게무샤로 결국 도둑이 아닌 신겐으로 죽는다.

윤석열과 이재명은 카게무샤가 아니다

카게무샤는 원래 도둑이었다. 도둑으로서의 그가 바라는 세상은 뭘까? 도둑질해도 안 잡혀가는 세상? 그런 그가 천하통일을 시대적 사명으로 삼았던 신겐의 그 세상을 과연 이해할 수 있을까? 그건 불가능하다. 그런데 영화에서 그는 신겐의 카게무샤로 3년을 살면서 더 이상 도둑이 아닌 완전한 신겐으로 빙의된다. 그렇다고 우리는 그를 신겐이라고 부를 수 있을까? 나는 아니다. 그는 절대 신겐이 될 수 없다. 단지 신겐처럼 행동하는 대리인일 뿐이다. 자기 정체성을 잃어버린, 주인을 따라다니는 그림자일 뿐이다.

사람들이 이재명을 좋아하는 이유는

이재명은 친문도 비문도 아니다. 여당이면서도 여당이 아니다. 여당이겠지 하면 자기 목소리를 낸다. 문파는 나가라고 등을 떠밀고 있고……, 그러나 아직은 때가 아닌 듯……. 그는 조조의 계책이 있다. 결국은 그들을 제압할 것이다. 언제?

내 생각은 그렇다. 사람들이 왜 그를 좋아할까를 알면 선거 전략에 대한 답이 나온다. 나는 그 이유를 그의 캐릭터에서 찾는다. 나도 그런 캐릭터를 좋아하니까. 그렇다면 지금처럼 분노의 시대에는 차라리 숨긴 발톱을 다 내보이고 국민만 바라보고 정면 돌파해 나가야 한다. 그는 그 대상이 누구였든 맞서 싸우면서 힘을 키우고 스스로 성장해온 정치인이기 때문이다. 그렇게 몰고 가면 그의 힘의 동력은 〈대한민국 구하기〉가 된다. 아니라면 〈복수는 나의 힘〉에 있는지도 모르겠고…….

사람들이 윤석열을 좋아하는 이유는

윤석열은 문재인 정권하의 검찰이었다. 그러나 문재인 정권의 검찰은 아니었다. 조국사태 전까지는 그랬고, 수사에 들어가는 순간 그의 존재는 주변의 모든 것들을 바꿔 났다. 권력이 상대를 잘못 고른 것이다. 시작 전에 그의 캐릭터를 살폈더라면 절대 이런 식으로 일을 벌이지는 못했을 것이다. 그는 항우에 버금가는 대장부의 전투력이 있다. 한 치도 뒤로 물러서지 않고 맞짱 뜨면서 존재감을 키워왔으니까.

지금이 그에게는 기회다. 대한민국을 개조할 절호의 기회! 그건 윤석열만이 할 수 있는 일이다. 여도 야도 아니기 때문에……, 그의 캐릭터대로 하면 된다. 공정과 정의, 상식을 쥐고 국민만 바라보고 길을 만들어 가면 된다.

내 주변에 여야 구분 없이 이재명과 윤석열을 지지한 사람들의 얘기를 들어보면 위에서 말한 그 이유가 적지 않다. 사실이 그랬다. 두 사람은 출발선에서부터 대통령의 카게무샤가 아니었다. 캐릭터 상 그렇게 될 리도 없거니와 그렇게 됐더라면 두 사람의 정치인생은 진작 종말을 고했을 지도 모른다. 앞에서도 설명했듯이, 윤석열은 초한지의 세 인물, 항우와 유방, 한신을 합체해 놓은 캐릭터고, 이재명은 조조의 캐릭터다. 그림자가 아닌 두 사람이 내년 대선에서 맞붙는다면 승부를 예측 못할 치열한 싸움이 될 것이다.

7
감독이 윤석열과 이재명에게
권하는 영화

나의 조국 대한민국에는

독일 유학시절에 나는 팔레스타인 학생과 한 기숙사에서 생활한 적이 있었다. 그와 특별한 교류가 있었던 건 아니지만, 어쩌다 공동으로 사용하는 부엌에서 만날 때나 같은 테이블에서 식사라도 할 때면 묻지도 않았는데 자기 나라의 운명에 대해 열심히 설명하곤 했다. 그러던 어느 날, 그는 이스라엘군의 발포로 동생이 죽었다며 격하게 흐느끼더니 다음날 아침 일찍 팔레스타인으로 떠났다. 그의 뒷모습을 보면서 나는 처음으로 그들의 고통에 대해 생각했다.

그 후 나는 TV에서 팔레스타인에서 벌어지고 있는 시위를 볼 때마다 그 곳 어딘가에서 나라를 되찾기 위해 싸우고 있을 그가 떠올랐다.

그때, 그날 아침 그가 떠날 때 희망을 잃지 말라는 말을 해주지 못한 게 후회가 된다. 핑계를 대자면, 그 당시 나는 독일어 스트레스로 죽을 둥 살 둥 하고 있었다. 거기다가 초등학교시절부터 형성된, '이스라엘은 무조건 우리 편이다'라는 편향된 시각도 한몫했다. 삶의 지혜를 말할 때는 늘 〈탈무드〉의 한 구절을 인용하는 선생님도 계셨고, 외국에 나가 있다가도 전쟁만 나면 이스라엘로 달려간다는 이스라엘 젊은이들의 애국심을 본받자는 선생님도 계셨다. 단 한 번도 팔레스타인의 비극에 대해서는 들어 본적이 없는 것 같다. 부끄럽게도 나는 고등학교를 졸업할 때까지 이스라엘이 아랍에 둘러싸인 힘없는 나라 정도로만 알고 있었으니, 그게 어디 선생님만 탓할 일인가.

지금 생각해보면, 독일유학시절만큼 대한민국을 사랑했던 적은 없었던 것 같다. 내가 독일에서 바라볼 수 있는 조국이 있다는 게 얼마나 다행스럽고 행복한 일인가, 그런 마음으로 생활했던 것 같다.

우리나라 대한민국에는 날마다 나라를 지켜주는 자랑스러운 국군이 있다. 초등학교 다닐 때 나는 일 년에 몇 번 '국군아저씨께'로 시작해서 '지켜주셔서 감사합니다'로 끝나는 위문편지를 썼다. 어쩌다 학교 가는 길에 행군하는 군인을 보면 그 자리에 서서 격하게 손을 흔들어 반겼다. 그 아이가 커서 군인이 됐고, 나는 30개월 군 생활동안 초등학교 때의 그런 편지를 받아보지는 못했지만……, 2021년, 지금까지도 그 때의 그 애국심에는 변함이 없다.

라이언 일병 구하기와 대한민국 구하기

20세기는 전쟁으로 시작해서 전쟁으로 끝난 악몽의 세기였다. 당연히 전쟁을 내용으로 숱한 영화가 제작됐다. 1차 세계대전 직후에는 반전영화가, 2차 세계대전 전후에는 영웅을 등장시켜 애국심을 부추기는 영화가, 베트남전 이후에는 베트남의 비극을 다룬 영화가 만들어졌다. 지금까지 아카데미영화제에서 작품상을 가장 많이 수상한 장르가 바로 전쟁영화였으니, 그만큼 전쟁은 인간의 삶과 죽음, 희망과 절망을 하나로 묶어서 가장 극명하게 보여주는 한편의 드라마가 아닐까.

스티븐 스틸버그는 누구나 인정하는 할리우드의 흥행마술사다. 그는 〈조스〉, 〈E·T〉, 〈인디아나 존스〉, 〈쥬라기공원〉 등 청소년 입장가 영화를 만들어 세상의 돈이란 돈은 전부 쓸어갔다. 그의 상업영화의 성공이후 사회비판적인 영화 〈칼라 퍼플〉과 〈태양의 제국〉 등이 나왔지만, 이번에는 흥행과 평가에서 모두 실패했다. 1975년 〈조스〉 이후 1993년에 가서야 히틀러 치하의 유대인 학살을 다룬 〈쉰들러 리스트〉로 아카데미 감독상과 작품상 등 7개 부문에서 상을 거머쥐었으니, 그는 비로소 작품성에 대한 강박관념을 극복한 셈이다.

유대인 출신의 스필비그기 자기 민족의 수난사를 다룬 것은 지극히 당연한 일이다. 그는 5년 뒤인 1998년에도 〈라이언 일병 구하기〉로 아카데미상 5개 부문을 수상했다. 이번에도 히틀러였다. 그러나 내용은 달랐다. 애국심을 고취하는, 위대한 미국의 찬가였다. 이 영화에서 스필버그 마음속의 제목은 〈미국정신 구하기〉가 아니었을까.

〈라이언 일병 구하기〉는 라이언의 회상으로 시작된다. 1944년 6월 6일, 연합군의 노르망디 상륙작전이 감행된다. 오하마 해변을 맡은 밀러 대위는 천신만고 끝에 상륙에 성공한다.

진짜 종군기자가 찍은 노르망디 상륙작전의 다큐라고해도 믿을 만큼, 아니 그 이상으로 더 실감나게 다가오는 20여분의 전투다. "정교하기 때문이 아니라 끔찍할 정도로 정직하기 때문에 보기에 고통스럽다"는 뉴욕타임스의 찬사처럼, 이 시퀀스만 가지고 보면 이 영화는 전쟁의 참상을 알리는데 그 목적이 있는 듯이 보인다.

배에서 내리기도 전에 총알이 철모를 관통하여 쓰러지는 병사, 쏟아져 나온 창자를 손으로 받치며 비명을 지르는 병사, 머리통이 부서진 병사, 떨어져나간 팔을 든 채 넋이 나간 병사 등 오하마 해변은 그야말로 생지옥 그 자체였다.

그런데 상륙작전이 끝나고 한숨을 돌리는 가 싶었는데 다음 임무가 밀러 대위를 기다리고 있었다. 내가 보기에 말도 안 되는 그것은 아직 생사가 불분명한 라이언 일병을 구해 미국으로 귀환시키는 것이었다. 라이언의 형 3명이 모두 다 전쟁에서 전사하자 군사령부는 라이언의 어머니를 위해 라이언이라도 귀향시키기로 결정한 것이다.

밀러와 대원들은 자기들 8명의 목숨이 한사람 목숨보다도 못한 것이 아닌가 하는 회의감 속에서도 작전을 수행한다. 천신만고 끝에 라이언 일병을 찾아내지만 그는 자신의 부대와 운명을 같이 하겠다며 귀환을 거부한다. 결국 그들은 함께 전투를 치르게 되고, 밀러 대위는 전사한다.

영화는 라이언의 회상이 끝나면서 현재의 미국으로 돌아온다. 백발이 성성한 라이언이 국립묘지에서 밀러의 묘비를 바라보며 거수경례를 한다. 그 순간을 기다렸다는 듯이 성조기가 화면을 꽉 채운다. 미국인들은 이 장면에서 감동의 눈물을 흘렸을 지도 모르겠다. 그들의 가슴을 뭉클하게 한 것이 무엇일까? 그것은 아마도 애국심이었을 것이다.

대한민국이 IMF로 침몰하던 1998년, 미국은 〈라이언 일병 구하기〉의 해였다. 관객과 언론과 평단이 이 영화를 향해 최고의 찬사를 아끼지 않았다. 그들은 자기들의 선조가 쌓아올린 명예와 용기, 애국심과 책임감 등을 자랑스러워하면서 미국인으로서 자부심을 느꼈을 것이다.

그 압도적인 미국찬가에는 다른 이물질이 끼여 들어갈 그 어떤 틈조차 보이지 않았다. 그러나 20세기에 일어났던 전쟁에 미국이 직·간접으로 개입안한 전쟁이 있었던가? 소련제국이 몰락한 후 유일한 초강대국 미국은 넘치는 힘을 지구 구석구석까지 과시하고 있다. 자유와 평화의 구호 뒤에 남겨진 잔인한 비극을 그들만 외면하고 있지는 않은지 생각해볼 일이다.

그렇다면, 이 영화가 구한 것은 과연 무엇이었을까? 라이언 일병만 구했을까? 당연히 아니다. 그것은 미국인의 정신이다. 나는 미국을 떠받치고 있는 미국인의 정신을 구했다고 본다.

지금 세계가 즐기고 있는 평화도 유럽을 히틀러로부터 해방시킨 밀러나 라이언 같은 미국의 영웅이 있었기에 가능했다는 것을 〈라이언 일병 구하기〉는 강조하고 있다. 미국만세를 외치고 있는 이 영화에 기분이 그렇게 유쾌하지 만은 않다. 그럼에도 나는 그들을 부러워한다.

며칠 전, 2021년 5월 22일이었다. 미국에서 한국전쟁참전 퍼켓 예비역 대령 명예훈장 수여식이 있었다. 한미 양국의 대통령도 참석했다. 식이 끝난 후 노병 앞에 무릎을 꿇고 앉은 바이든 대통령과 문재인 대통령의 모습에서 나는 진심으로 영화에서 느끼지 못했던 감동을 받았다. 영화 속의 미국과 현실 속의 미국은 다르지 않았다. 국가를 위해 희생한 사람들을 잊지 않고 끝까지 명예롭게 대우해주는 바이든 대통령이 바로 〈라이언 일병 구하기〉의 라이언이 아닐까. 진정한 미국정신이 아닐 수 없다.

다른 한편으로는 심한 자괴감도 느꼈다. 지금 우리의 정치인들은 그런 '정신'조차도 없기 때문이다. 2010년 3월 26일, 북한 잠수함의 어뢰공격으로 천안함이 침몰했다. 그런데 11년이 지난 지금까지도 그것이 누구의 소행인지 분명하게 말하지 못한다, 대한민국은……. 나는 그런 나라에 살고 있다. 나 스스로 고취한 애국심을 가슴속에 넣어두고서……. 아직 끝나지 않은 전쟁이다. 나는 영화 〈라이언 일병 구하기〉을 〈대한민국 구하기〉로 읽었다.

애국과 조국 그리고 태극기

나는 지금 "대한민국은 위대하고 자랑스러운 나라다"라는 전제하에 "조국이 무엇인가?" "애국이 무엇인가?" "태극기가 주는 의미가 무엇인가?"를 묻고 그에 대한 답을 찾아가고 있는 중이다. 다음은 2019년에 출판된 소설 〈5월18일생〉에서 발췌한 1970년대 초등학교시절의 일상이다.

오늘은 반공 웅변대회가 있는 날이다. 운동장에 전교생이 모여 있고, 단상에는 웅변을 하는 아이가 열변을 토하고 있었다.

> "저 북쪽에는 피에 굶주린 이리 때 같은 공산당이 호시탐탐 침
> 략의 기회를 노리고 있는 이때 조국을 위해 목숨을 바치는 것은
> 죽는 것이 아니라 영원히 사는 것임을 알고……."

연사의 목소리가 얼마나 우렁차고 호소력이 있던지 나는 딴 짓을 못하고 집중하고 있다가 그 정점에서 손바닥이 아프게 박수를 쳤다. 연사는 더 힘이 나는지 한손을 치켜들고 한마디 한마디를 강조해서 목청껏 외쳤다.

> "김일성 도당을 때려잡기 위해선 이 한목숨 죽어도 좋다고! 자
> 나 깨나 공산당의 만행을 잊지 말자고!! 이 연사 소리 높여 외칩
> 니다.!!!

웅변이 채 끝나지도 않았는데 나는 벌써 감동하고 있었다. 나도 모

르게 얼굴표정은 상기됐고, 내 가슴 속에는 공산당으로부터 조국을 지켜야한다는 다짐이 가득 차올랐다. 바로 보이는 본관 건물 중앙에 세워진 국기봉에서는 태극기가 펄럭이고 있었다. 나는 그 태극기가 그렇게 자랑스러울 수가 없었다.

웅변대회가 끝나고 5교시 미술시간이었다. 계단을 따라 2층으로 올라가면 3학년 2반 교실이 나왔다. 아이들이 저마다 크레용으로 반공포스터를 그렸다. 하나같이 북한은 빨간색으로 남한은 파란 색으로 칠했다. 대부분은 북한을 침략자 늑대로 그렸다. 그와 반대로 남한은 평화를 상징하는 비둘기였다. 나는 우리 국군아저씨가 총에 정착돼있는 대검으로 공산당의 가슴을 찌르는 장면을 그린 다음에 빨간색 크레용으로 글씨를 꾹꾹 눌러서 썼다.

"무찌르자 공산당!"

우리는 1년에 서너 번은 반공영화를 관람했다. 마을마다 TV가 겨우 서너 대 밖에 없던 시절에 대형스크린의 영화는 새로운 세상의 마술과도 같았다. 그날을 손꼽아 기다리는 것은 나만이 아니었다. 전교생이 다 그랬다.

마침내 그날이 왔다. 나는 설레는 마음으로 1시간 전부터 강당으로 가서 제일 좋은 가운데 자리를 잡고 기다렸다. 드디어 영화가 시작되고, 태극기가 펄럭이면서 대한뉴스가 나왔다. 가족들의 환송을 받으며 우리 학교 건물보다도 더 큰 배에 오르는 파월장병들의 모습과 10월 1일 국군의 날 행사에 군인들의 늠름한 시가행진이 나의 가슴을 벅차오르게 했다. 나는 처음으로 나 자신을 향해 굳게 다짐했다.

"나도 커서 저 아저씨처럼 될 거야."

사실 나는 10월 1일 태어났다. 나중에 알았지만, 그날이 국군의 날이었다. 그래서였을까. 초등학교 때부터 내 작은 가슴속에는 애국심 같은 감정이 특별하게 자리 잡았다. 그것은 공산당으로부터 우리나라 대한민국을 지켜야한다는 사명감이었다. 그날 영화가 끝나고 집에 가는 길에 나는 동네 친구들과 같이 행진을 하면서 월남전 군가를 불렀다.

자유통일 위해서 조국을 지킵시다.
조국의 이름으로 님들은 뽑혔으니
……

펄럭이는 태극기처럼

〈5월18일생〉에서처럼 나는 초등학교 때부터 군인을 좋아했다. 그러나 베트남에서 부상당해 돌아온 파월장병들을 보면서 군인에 대한 신화가 깨어졌다. 전쟁은 아이들이 동네뒷산에서 하고 놀았던, 총을 맞아도 죽는 시늉만 해도 되는 총싸움이 아닌 죽고 죽이는 살육의 현장이라는 것도 알았다.

그 후 1980년 5월 18일 금남로에서 공수부대에 쫓겨 도망치다가, 27일 새벽, 도청의 함락을 뒤로하고 산속 암자로 숨어들어 방황의 시절을 보냈다. 그러던 중에 입대하여 30개월 국방의 의무를 다했다. 그때 대통령이 전두환이었고, 나는 대통령을 경호하는 수도경비사령부 헌병대에서 근무했다. 역사의 아이러니가 아닐 수 없다.

전역한 후, 1987년 6월 거리에서 직선제로의 개헌을 외치다가 그해 10월 독일로 유학을 떠났다. 태어나서 처음으로 낯선 땅 보홈에서 대한민국을 바라보았다. 나는 안도했다. 내가 바라볼 수 있는 조국이 있다는 것에……

윤석열과 이재명의 애국은

우리는 같은 세대로, 윤석열과 이재명이 70~80년대에 자신들이 살았던 삶을 돌아본다면, 아마도 내가 지나온 그 시대의 궤적과 거의 일치할 것이다. 그래서 궁금하다. 그들에게 애국은 무엇일까? 여기 내가 소개하는 영화 〈7월4일생〉이 그 질문에 대한 답일 수도 있겠다.

진정한 독립기념일은

케네디 대통령이 암살된 미국의 60년대는 혼돈의 시대였다. 젊은 올리버 스톤은 예일대를 중퇴하고 베트남 전쟁에 참전하여 훈장까지 받은 베테랑군인이었다. 그러나 미국 전역이 가치관의 혼란으로 히피들이 등장하고 매일 성조기가 불타는 반전시위속에서 그는 행복할 수가 없었다. 마약을 하며 방황하다가 영화감독으로 돌아와 〈7월4일생〉에서 미국의 진정한 독립을 부르짖었다.

아카데미 감독상을 수상한 이 영화의 내용은 이렇다. 아이들이 전쟁놀이를 하며 군인에 대한 환상을 키워간다. 그 날이었다. 독립기념일에 군인들이 시가행진을 한다. 흥을 돋우는 음악, 넘치는 성조기 물결, 행진하는 군인들을 향한 예비역들의 거수경례, 펑펑 터지는 불꽃

놀이 등 축제는 길 양옆에서 구경하는 사람들에게 자부심과 애국심을 불어넣기에 충분했다. 어린 론은 자기 여자 친구에게 키스를 할 정도로 감동한다. 전쟁의 진짜 얼굴이라 할 수 있는 상이군인의 모습은 환호성을 지르는 사람들에 금방 묻혀버린다.

주인공 론은 7월 4일에 태어났다. 그날은 미국의 독립기념일이다. 때문에 누가 강요한 것도 아닌데 그의 의식 속에는 자신이 미국을 대표한다는 책임감과 특별한 애국심이 자리 잡는다.

1960년대는 공산당으로부터 조국을 지켜야한다는 애국심을 강요하는 그런 시대였다. 그러한 사회적 분위기속에서 론은 운동 잘하고 부모 말 잘 듣는 건전한 학생으로 성장한다. 보수적인 가톨릭 집안의 모범적인 청년의 삶이 어느 날 학교로 찾아온 해병대 모병관의 의해 운명이 바뀐다.

"아무나 해병이 될 수 없습니다. 우리는 무엇보다도 최고를 원합니다. 해병대보다 더 자랑스럽고 멋진 것은 없습니다. 언제나 선두였고 패전은 있을 수 없습니다. 우리는 항상 국가의 부름에 보답했습니다."

모병관은 가장 멋진 말로 학생들을 유혹하고 있다. 푸른 제복과 절도 있는 동작, 확신에 찬 말투 등은 학생들을 사로잡기에 충분했다. 고등학교를 졸업하자마자 어려서부터 군인을 동경해온 론은 그것을 조국의 부름으로 여기고 자원입대한다.

기초훈련을 끝낸 론은 베트남에 투입된다. 그가 생지옥을 맛보는 데는 긴 시간이 필요치 않았다. 전투에서 죄 없는 양민을 죽이고 동료에게 방아쇠를 당기는 실수까지 하면서 극심한 죄책감에 빠진다. 그러던 중에 적의 습격으로 부상을 당해 국군통합병원으로 후송된다.

그러나 그곳도 전장(戰場)과 다름없었다. 환자를 짐승 취급하는 병원의 처우에 자랑스러운 해병의 자부심과 명예가 쓰레기처럼 구겨져버린다. 그는 절망한다. 그럼에도 그의 애국심은 변함이 없다. 미국에서 불태워지는 TV속의 성조기를 보며 충격을 받지만 오히려 그들을 향해 조국이 싫으면 너희들이 미국을 떠나라고 외친다.

그 후 그는 고향에 돌아오지만 반전시위로 혼란에 빠진 미국을 마주하며 괴로워한다. 친한 친구도, 주민도, 동생까지도 그를 비난하고……. 그러나 그에게는 일생을 휠체어에 의존해 살아가야한다는 현실이 그것보다 더 절망적이었다. 그는 베트남전에 같이 참전했던 친구에게 자신의 심정을 토로한다.

"어떤 때는 후회해. 너무 바보 같았어. 내 음경과 고환을 찾을 수
만 있다면 그동안 내가 믿었던 모든 가치관을 포기하겠어."

론이 끝까지 붙잡고 싶었던 신념이 그가 태어난 독립기념일에 깨진
다. 그를 위한 시가행진이 반전 시위대들에 의해 난투극으로 변하고,
애국심을 호소하려던 그의 연설이 그가 베트남에서 죽인 아이의 울음
이 환청으로 들리면서 중단된다. 그는 술에 취해 가족들에게 외친다.

"모든 것이 거짓말이었어요. 공산당을 막으러가서 부녀자를 쐈
어요. 교회가 빨갱이를 저주하고 우릴 선동했어요. 나에겐 신도
국가도 없어요. 남은 것은 이놈의 휠체어밖에 없어요."

그는 마침내 자신을 전쟁터로 내몬 실체가 국가와 권력을 지향하는
기성세대라는 것을 깨닫는다. 그는 멕시코로 가서 뉘우치면서 베트남
의 악몽을 정리한다. 그리고 미국으로 다시 돌아와 실수로 죽인 전우
의 가족을 찾아가 용서를 빈다. 그 후 그는 반전주의자로 거듭난다.

그는 1972년 전쟁 강경파인 닉슨을 대통령후보로 내세운 공화당
전당대회에 가서 시위를 하면서 외친다.

"이 전쟁은 죄악입니다. 내 상처 때문에 비통한 게 아닙니다. 이

전쟁이 잘못됐기에 말하러 왔습니다. 이 사회가 나와 내 전우를 죽였습니다. 정부는 모리배요. 폭행 범이요. 강도입니다. 우리가 미국정신입니다."

그 후 론은 민주당 전당대회 연사로 나선다. 그의 어릴 적 꿈이 이루어지는 순간이다. 그가 연설하기 전 다른 연사의 연설에서 미국의 정신이 정의된다.

"우리가 신뢰하는 정부는 국민의, 국민에 의한, 국민을 위한, 흑인, 황인, 홍색, 백색, 남녀노소, 노동자, 학생의 것입니다. 이것이 우리의 신조입니다."

이 영화가 주는 메시지는 분명하다. 국가권력 앞에서 개인은 한없이 나약하지만 각 개인들이 하나의 깃발아래 뭉쳐 전진한다면 역사의 주체가 될 수 있다는 것을 가르치고 있다. 론의 삶은 허위와 위선으로 가득 찬 기성세대와 대비되는 모든 젊은이들의 모습이며, 그들이 부르짖는 외침이 바로 진정한 애국이자 독립기념일의 정신이라고 할 수 있다.

이 연설의 내용은 민주당에만 해당될 수 없는 인류보편의 가치다. 이제 우리가 답할 차례다. 윤석열과 이재명에게 묻는다. 과연 대한민국의 정신은 뭘까? 애국과 태극기의 의미는 뭘까?

일본이 독도를 점령했다면

여기 미국의 정신을 이야기하는 또 한편의 영화가 있다. 〈7월 4일 생〉과 제목이 같다. 7월 4일은 미국의 독립기념일이니까. 〈인디펜던 스데이〉는 나라가 풍전등화의 위기에 처했을 때 대통령이 어떻게 행 동해야하는지를 보여주는 리더십에 관한 영화다.

조선의 선조처럼 백성 몰래 도망가는 왕도 있을 것이고, 끝까지 대 화로 해결하려는 왕도 있을 것이고, 외세의 힘을 빌려 전쟁을 하려는 왕도 있을 것이고, 제 발로 걸어 나가 항복하는 왕도 있을 것이다.

2021년으로 돌아와서 대한민국에서 일본이 독도를 점령한다면? 북한이 연평도를 다시 미사일로 공격한다면? 중국이 이어도를 자기 네 땅이라고 우긴다면? 미국이 주한미군을 철수 시키려 한다면? 외계 인이 지구를 침공한다면?

이 국가적 위기 앞에 윤석열과 이제명은 어떻게 대처할까?

외계인이 지구를 침공한다면

롤랜드 에머리히 감독의 〈인디펜던스데이〉의 내용은 이렇다. 독립기념일을 이틀 앞둔 7월 2일, 거대한 물체의 그림자가 달 표면을 덮으며 푸른 지구를 향해 다가온다. 그것은 외계인의 우주선이다. 우리가 영화에서 지금까지 봐왔던 우주선과는 비교가 안 되는, 인간의 머리로는 상상할 수 없는, 그 크기가 무려 550km나 되는 거대한 우주선이다. 지구에 가까워지면서 우주선은 40여 조각으로 분리되어 지구 대기권으로 진입한다.

대체 이 우주선의 지구 방문의 목적은 뭘까? 그때까지도 대통령은 외계인을 인간보다도 더 인간적인 영화 속의 외계인 E·T 정도로 생각했는지도 모르겠다. 정말 그랬다면 아마 영화 〈E·T〉의 영향일 것이다. 그 영화를 보고 감동받은 사람들은 다 그렇게 믿지 않겠는가. 나도 그랬으니까. 대통령은 그래도 혹시 몰라 만일의 사태에 대비해서 데프콘3를 발령하고, 조기경보기를 보내 접촉을 시도한다. 지도자들은 웬만하면 전쟁보다는 대화를 통해 평화를 지키려는 경향이 있다. 그러나 외계우주선은 귀찮다는 듯이 화염을 내뿜어 순식간에 조기경보기를 폭파시켜버린다. 그들은 지구인과는 공생과 평화를 원치 않았다. 마치 메뚜기 떼처럼 행성과 행성을 떠돌다가 자원이 고갈되면 다른 행성으로 옮기는 그런 외계인들로 인간을 지구에서 다 청소해 버리는 것이 그들의 목표였다.

그제 서야 지구의 모든 나라는 비상이 걸린다. 그러나 전 지구적으로 통신장애가 발생하면서 속수무책으로 지구는 서서히 파멸로 들어선다. 각료들은 대통령에게 빨리 대피하라고 재촉하지만, 그는 국민을 두고 도망갈 수 없다며 백악관에 남겠다고 고집을 부린다. 이렇듯 백악관이 대책 없이 우왕좌왕하는 사이에 뉴욕넓이의 우주선이 하늘을 가리며 나타난다. 도시 전체에 그림자를 드리우고 시커멓게 떠있는 모습은 공포 그 자체였다. 대통령은 담화를 발표하여 국민을 안심시키고자 하지만 이미 때는 늦어 외계인의 지구공격이 시작된다. 순식간에 도시가 불바다가 되면서 인간과 건물, 차동차 등 지상에 있는 모든 것들이 파괴돼 사라진다. 그 사이 대통령을 실은 전용기는 간발의 차이로 백악관을 도망쳐 나온다.

잿더미로 변해버린 도시가 몇 시간 전의 그 도시가 맞나 싶을 정도로 폐허로 변해버렸다. 파괴돼 드러누워 있는 자유의 여신상이……, 참담하다.

이제 지구는 인류의 종말을 눈앞에 두고 있다. 간신히 목숨을 구한 전용기안의 대통령은 지친 모습이지만 좌절하지 않는다. 그는 반격을 명령하는데……, 그러나 지구의 전투기들은 외계인의 상대가 되지 못한다. 광대한 우주를 비행하여 지구까지 왔다면 그들의 과학기술은 어마 무시한 수준일 것이다. 그들은 북미방위사령부를 손바닥 뒤집듯이 아주 간단히 전멸시켜버린다.

대통령 전용기는 네바다 주에 있는 비밀군사시설인 제 51구역으로 들어간다. 그곳에는 추락한 외계인의 비행선과 사체가 있다. 앉아서 죽으란 법은 없는 모양이다. 그것에서 외계인을 물리칠 수 있는 단서가 발견되면서 실낱같은 희망이 되살아난다.

드디어 미국의 독립기념일인 7월 4일, 전투복으로 갈아입은 대통령이 전투에 앞서 군중을 향해 연설을 한다.

"인류란 단어는 이제 새 의미를 갖게 됩니다. 인종과 국경을 초월하여 공동사명을 위해 모였습니다. 오늘은 전 인류의 독립기념일이 될 것입니다. 자유를 위해 싸웁시다. 독재와 억압과 자유가 아닌 우리 인류의 생존을 위해 싸우는 겁니다. 만약 우리가 승리하면 7월 4일은 전 세계가 독립하는 날이 될 것입니다."

인류의 멸망을 눈앞에 두고 대통령의 리더십을 보여주는 장면이다. 연설을 끝낸 대통령은 직접 F-18 전투기를 몰고나가 외계인과 전투를 벌인다. 용기와 희생정신은 순전히 그를 두고 하는 말일 것이다. 당연히 그는 외계인을 물리치고 지구를 구한다. 그의 말대로 7월 4일은 미국의 독립기념일만이 아닌 모든 나라의 독립기념일로 지정될 것이다.

평화를 원한다면 전쟁을 준비하라

이 영화도 〈라이언 일병 구하기〉와 마찬가지로 노골적인 미국찬가다. 그럼에도 1996년에 상영된 이 영화를 2021년에 소환한 이유는 대통령의 리더십을 말하기 위함이다. 지구의 평화도 그렇고 나라마다의 평화도 그렇다. 문제는 대통령의 리더십이다.

"평화를 원한다면 전쟁을 준비하라"
"평화를 원하다보면 다른 국가가 당신을 공격할 것입니다."

첫 번째는 고대 로마의 전략가인 베게티우스가 한말이고, 두 번째는 나폴레옹이 첫 번째를 각색해서 한말이다. 평화는 힘이 있을 때에만 지켜진다. 대화도 그렇다. 서로 같은 테이블에 앉아도 힘의 균형이 한쪽으로 기운다면 그때부터는 협박이 된다. 우리에게는 코로나를 잡는 백신 같은 게임체인저가 없다. 대화의 수렁에 빠져있는 문재인 정권하에서 북한 핵을 머리에 이고 사는 우리로서는 외계인의 침공을 걱정할 때가 아닌 것 같다.

윤석열과 이재명의 통합의 리더십은

이제는 통합의 리더십이다. 내가 지금까지 봤던 영화중에 〈우리가 꿈꾸는 기적 : 인빅터스〉만큼 사회통합의 메시지를 진실하게, 감동적으로 강렬하게 전파하는 영화는 없었다. 백인들의 인종차별정책에 맞서 평생을 싸워왔던 만델라가 그 주인공이다. 실화를 토대로 '대중을 실망시키지 않은 클린트 이스트우드'가 감독을 했다.

만델라는 대통령에 당선 된 후 '진실과 화해위원회(TRC)'를 만들어 백인정권에 의해 저질러진 과거사 청산작업에 들어갔다. '망각에 대한 기억의 전쟁'이었다. 그러나 방향은 달랐다. 진실규명은 하되 복수가 아닌 화해와 용서와 공존이었다. 문재인정권하에 선택적 적폐청산의 시대를 살아가는 국민의 한 사람으로 나는 만델라와 같은 지도자를 기대하면서, 윤석열과 이재명에게 영화 〈우리가 꿈꾸는 기적 : 인빅터스〉를 추천한다.

내용의 이렇다. 영화의 시작이다. 흑백을 구분하려는 듯 도로를 사이에 두고 백인과 흑인이 나뉘어있다. 백인은 정식 잔디구장에서 럭비를 하고, 흑인은 먼지가 풀풀 날리는 흙바닥에서 축구를 한다. 그때 만델라 차량이 지나가자 흑과 백의 반응은 하늘과 땅의 차이였다. 흑인은 열광을 하고 백인은 저주를 퍼붓는다. 주로 백인들이 하는 럭비는 그 당시 인종차별의 상징과도 같았다. 럭비의 백인코치가 차량을 바라보며 저주를 퍼 붙는다.

"테러범 만델라가 석방돼서 이제 우리나라는 끝장났구나."

남아공이 끝장났다는 그날은 1990년 2월 11일, 만델라가 석방된 날이다. 인종차별을 반대했다는 이유로 백인정권에 의해 감옥에 갇힌 지 27년 만에…… . 그로부터 4년 뒤인 1994년 5월 10일 남아공의 8대 대통령에 당선돼 취임한다.

다 용서해야 해

정권이 백인에서 흑인으로 바뀌자 백인들은 공포에 휩싸인다. 직장을 빼앗기고 쫓겨날지도 모른다는 공포! 대통령궁에서는 백인들이 알아서 이삿짐을 싸고 있었다. 그 모습을 본 만델라는 말한다.

"내가 누군지 아는 사람도 있겠지. 출근하면서 보니 빈사무실이 많이 눈에 띄는군. 이삿짐도 쌓여있고. 물론, 떠나겠다면 그건 자네들 권리일세. 새 정부와 일할 수 없다고 생각되면 떠나는 게 낫네. 지금 당장. 하지만 짐을 싸는 이유가 언어나 여러분의 피부

색 혹은 이전 정부에서 일했기 때문에 사격이 없을까봐 두려워서라면 아무것도 걱정할 필요 없네. 과거는 과거일세. 미래를 봐야하네. 자네들 도움이 필요하고 자네들 도움을 원하네. 남는 사람들은 조국의 미래를 위해 봉사하는 걸세."

대통령 경호실도 마찬가지다. 백인 경호원을 투입하자 흑인경호책임자가 만델라에게 달려가 '얼마 전까지 우릴 죽이려고 했고 동지들을 죽였을지 모르는 자들이라며' 심하게 항의한다. 이에 만델라가 알아듣도록 타이른다.

"나도 아네. 이젠 다 용서해야 해. 용서는 영혼을 해방하고 공포를 없애주지. 그래서 강력한 무기인 걸세. 부탁이네, 자네도 노력해보게."

대통령의 지시니 어쩌겠는가. 흑인 경호원들은 백인들과 같이 어정쩡하게 경호업무를 시작한다. 그러나 그 속으로는 흑백갈등이 쌓여만가고……

어느 날, 만델라는 영국과 남아공 스프링복스의 럭비게임을 관람하는 중에 웃지 못 할 이상스런 광경을 목격한다. 백인은 남아공을 응원하고, 흑인은 영국 팀을 응원하는 것이다. 더군다나 만델라의 측근들

조차 자국 팀이 이기는 것을 원치 않는다.

그 당시에 대표팀 스프링복스와 그들이 입는 유니폼은 인종차별과 백인우월주의를 상징했다. 그 때문에 남아공체육위원회는 스프링복스의 명칭과 유니폼 색깔, 엠블렘의 즉각적인 폐지를 결정한다. 그때 만델라가 등장했다.

"백인들은 이제 적이 아닙니다. 그들은 우리처럼 남아공의 국민 이자 민주주의 사회의 동반자입니다. 그들은 스프링복스 럭비를 소중히 여깁니다. 그걸 빼앗으면 그들을 잃습니다."

만델라는 알고 있었다. 백인들 도움 없이는 아무것도 할 수 없다는 것을……, 스프링복스를 백인들에게서 뺏으면 흑백갈등의 골이 더 깊어진다는 것을…….

나는 내 영혼의 주인이다

만델라는 1년 후에 자국에서 열리는 럭비월드컵에서 스프링복스를 우승시켜 흑백통합을 이룰 계획을 세운다. 먼저 스프링복스 주장을 대통령 집무실로 부른다. 그는 주장에게 손수 커피를 타 주면서 팀을 끌어가는데 필요한 리더십이 뭔지, 딤원들의 사기를 어떻게 해서 올려주는지를 묻는다. 만델라 자신은 빛도 없는 절망의 감옥에서 빅토리아시대의 시를 읽으면서 영감을 얻었고, 그로 인해 27년을 버텨 살아남을 수 있었다고 말한다.

여기서 만델라가 애송했다는 그 시는 영국시인 윌리엄 어니스트 헨리의 인빅터스(Invictus)로 이 영화의 제목이기도 하다. '정복되지 않는, 불굴의 영혼'이라는 뜻의 라틴어다. 만델라처럼 우리도 이 시를 읽고 영감을 얻어 이 절망의 시대를 극복해 나감이 어떨지…….

지옥처럼 캄캄하게
나를 뒤덮은 밤의 어둠 속에서
어떤 신이든
내게 불굴의 영혼을 주심을 감사하노라

환경의 잔인한 손아귀 속에서도
난 머뭇거리지도 울지도 않았노라
운명의 몽둥이에 두들겨 맞아
내 머리는 피 흘리지만
굴하지 않았노라

분노와 눈물의 이곳 저 너머에

그들의 공포만이 어렴풋이 떠오른다.

그러나 세월의 위협은 지금도 앞으로도

내 두려워하는 모습 보지 못하리니

상관치 않으리라

저 문 아무리 좁고

명부에 어떤 형벌이 적혔다 해도

나는 내 운명의 주인이며

나는 내 영혼의 선장일지니

럭비팀 주장도 흑과 백의 구분이 없는 새로운 시대를 열려고 하는 만델라가 무엇을 원하고 있는지를 알아차린다. 그것은 럭비월드컵에서 스프링복스가 우승하는 것이다. 그러기 위해서는 영감이 필요하다고…….

마침내 하나 된 나라

결국 스프링복스는 결승까지 올라가고……, 경기장에 입장하는 사람들, 이제 흑백 구분 없이 경기를 즐기는데……. 그 때 만델라가 등장한다. 그를 향해 테러범이라 욕했던 백인들이 연호한다.

만델라! 만델라!! 만델라!!!

만델라가 럭비를 통해 흑과 백의 마음을 하나로 묶었다. 술집에서……, 거리에서……, 집에서……, 흑과 백이 남아공국기를 함께 흔들며 남아공국가를 함께 불렀다. 마침내 하나 된 나라, 하나 된 팀이 된 것이다. 위대한 대통령이 남아공을 어떻게 통합하는지를 보여주는 감동적인 장면이다.

심판이 경기 종료 휘슬을 불고……, 마침내 승리의 여신은 럭비를 통해 흑백통합을 이루고자 했던 만델라의 스프링복스에게 미소를 짓는다. 시상식에서 만델라와 주장은 서로 공치사한다.

"나라를 위해 큰일을 해줘서 고맙네."
"아닙니다. 큰일을 하신 건 대통령님이시죠."

우리가 다시 돌아갈 곳은

내가 연극영화과 교수로 재직하던 때의 이야기다. 매년마다 개설한 강의 중에 〈영화로 보는 세상〉이라는 교양과목이 있었다. 시설이 갖춰진 학교 강의실에서 영화를 보고 그 다음 주에 그 영화에 대해 토론하는 방식으로 진행했었다. 100여명 정도가 수강했는데 만학도가 반 이상이었다. 내가 10년을 재직했으니까, 일 년에 한번 그 강의를 했던 걸로 계산하면 적어도 60여 편 이상은 봤을 것이다.

아무리 영화수업이라고 해도 영화가 어렵거나 지루하면 관람시간에 20여명은 졸거나 딴 짓을 했다. 그렇다보니 영화 고르는 일이 여간 신경 쓰이는 게 아니었다. 10년 동안 그 시간에 다양한 장르의 영화를 봤고, 그때마다 끝나면 나는 학생들 앞으로 나가 그들의 표정을 살폈다. 감동했다면, 상기된 채 아직 훔쳐내지 못한 눈물이 남아있을 터니까……. 학생들이 전원 졸지 않고 집중해서 봤던 영화중에 2편이 〈클래식〉과 〈러브레터〉이였다.

내가 이 두 편의 영화를 윤석열과 이재명에게 소개하는 이유가 바로 여기에 있다. 골치 아픈 일이나 정치를 잠깐 접어두고, 우리 같이 우리가 넘어왔던 저 언덕 너머 순수의 시절로 다시 돌아감이 어떨지?

가장 촌스러운 것은

한여름에 갑자기 세상을 끝장낼 것처럼 소나기가 요란하게 마을을 훑고 지나갔다. 길을 가다가 처마 밑이나 건물 입구로 비를 피했던 사람들이 하나둘 거리로 나왔다. 언제 그랬냐는 듯이 마을이 금방 수영을 끝낸 그녀처럼, 참빗으로 빗어 넘긴 그녀의 긴 머릿결처럼 단정해졌다. 그 마을 위로 파랗게 펼쳐진 하늘을 바라보며 나는 빛나는 순수의 언덕을 넘고 있었다.

나도 한때 그 시절이 있었다. 그런데 소나기처럼 순식간에 지나가버리고……, 어느 날 나 자신을 돌아보니 나는 어느 새 저 멀리 가 있었다.

곽재용 감독의 〈클래식〉은 나를 잠시나마 그 시절로 돌아가게 했다. 디지털세상에서는 오히려 천천히 가는 옛날 것들이 바쁜 마음을 붙잡아 감동을 주기도 한다. 〈클래식〉은 황순원의 「소나기」 같은 그런 촌스러운 분위기가 있다.

영화가 시작되면서 들려오는 파헬벨의 〈캐논〉의 선율은 몇 번 듣다 보면 익숙해지고……, 지금은 기분에 따라 피아노, 기타, 오케스트라 등 여러 버전으로 듣는다.

영화의 내용은 이렇다. 지혜(손예진)는 다락방에 있는 엄마의 편지함을 정리하다가 엄마의 연인인 준하가 보냈던 편지와 일기장을 발견한다. 엄마가 볼 때마다 눈물을 흘렸던 그 일기장에서 준하의 흑백사진을 꺼내드는 순간 영화는 1960년대 엄마의 여고시절로 돌아간다.

여름방학 때 시골 외삼촌 집에 놀러 간 고등학생 준하는 역시 할아버지 집에 다니려온 또래 여고생 주희를 만난다. 그들은 강 건너에 귀신이 나온다는 폐가에 놀러 갔다가 갑자기 쏟아지는 소나기를 피해 뛰던 중 주희가 넘어져 다리를 다치고, 준하는 주희를 업고 근처 원두막으로 간다. 그들의 사랑은 그렇게 운명적으로 시작된다.

그런데 그들 사이에 어릴 적에 부모의 강요로 주희와 정혼했던 인물이 개입하면서 그들의 사랑은 어긋난다. 그는 바로 준하의 친구인 태수다. 나중에 그들의 관계를 알게 된 태수가 자살을 시도하면서 그들의 삼각관계는 극복하기 힘든 시련 속으로 빠져든다. 결국 준하는 주희를 떠나기 위해 베트남전에 참전하고, 그 동안에 주희는 태수와 결혼한다.

그 소식을 들은 준하도 다른 여자와 결혼하고, 세월이 흘러 준하가 죽고 나서야 그들은 재회하는데……. 그의 유족이 준하의 유언대로 그들의 추억이 있는 강에 유골을 뿌리고, 주희는 그렇게 준하를 보내면서 흐느낀다.

그러나 그들의 사랑은 우연을 가장한 운명처럼 계속된다. 세월이 흘러 주희의 딸인 지혜와 준하의 아들인 상민이 우연히 만나 그들 부모가 못다 이룬 사랑을 완성해 나간다. 그 장소는 준하와 주희가 시작과 끝을 같이 했던 반딧불이 강가다.

이 영화에서 음악은 2대에 걸친 그들의 사랑을 더 아름답고 더 슬프게 해주는 역할을 하고 있다. 베토벤의 〈비창〉, 비발디의 〈첼로 협주곡 6단조〉. 사이먼 앤 가펑클의 〈사운드 오브 사일런스〉, 자전거 탄 풍경의 〈너에게 난, 나에게 넌〉 등의 음악은 어디서 들어도 즐겁다.

이 영화에서 기억에 남는 인물이 또 있다. 상민을 짝사랑하는 점원이다. 임예진이 그 역을 했다. 손예진과 임예진, 이름도 똑같다. 절묘한 캐스팅이다. 1970년대 하이틴 스타였던 임예진의 과거 모습이 현재의 손예진이고, 손예진의 미래모습이 현재의 임예진이다. 그렇다면 손예진과 임예진은 서로를 보며 추억할 수 있는 상대가 된다. 그래서 촌스러운 〈클래식〉은 첫사랑의 추억을 잊지 못해 그리워하며 살아가는 사람들에게 권하고 싶은 영화다.

우리가 다시 돌아갈 곳은

2020년에는 12월 13일에 첫눈이 내렸다. 한나절 눈이 내리는 동안 나는 들판과 호수를 배회하며 동심의 세계로 돌아갔다. 잠깐 잠깐 햇빛이 비칠 때면 내 주변의 산과 들, 마을과 도로가 눈부시게 반사되어 빛났다. 너무 눈이 부셔 눈물이 날 지경이었다. 이러한 설경을 배경으로 한 영화가 〈러브레터〉(1995)다. 이제는 추억이 돼버린 전동기관차와 빨간 우체통이 저기 보인다. 자, 이제 가슴 설레는 눈의 순수 속으로 들어가 보자.

사랑은 종종 죽음을 통해 완성되기도 한다. 여기 망자(亡者)에 대한 그리움이 몇 통의 편지로 되살아난다. 〈러브레터〉가 이미 저 세상으로 떠나버린 한 남자에 대한 두 여인의 기억과 회한을 통해 진정한 사랑의 의미를 깨우쳐준다. 바쁜 생활이지만, 이제 우리가 첫사랑의 추억을 꺼내들고 시간여행을 떠나보자. 그 종착역에는 순백의 순수가 당신을 기다리고 있을 지도 모르니까…….

영화 내용은 이렇다. 히로코는 2년 전에 등반사고로 죽은 연인 이츠키를 아직도 잊지 못하고 있다. 3주년 추도식에 참석한 그녀는 이츠키의 집에서 그의 중학교 졸업앨범을 보다가 그의 주소를 발견한다. 이미 그의 집은 국도가 들어서면서 철거됐는데도 그녀는 그 주소로 편지를 보낸다. 그런데 놀랍게도 답장이 온다. 한 번 더 편지를 주고받은 후에야 자기가 보낸 주소가 그의 집이 아닌 중학교 3년 동안 그와 같은 반에서 공부했던 이름이 같은 여학생 이츠키의 집이라는 걸 알게 된다. 바로 그 여학생이 답장을 보낸 것이다. 그녀는 '설마 그가'했으면서도 실망한다. 그럼에도 그녀는 계속 편지를 보내 그에 대한 이츠키의 추억을 공유하고자 한다.

그러나 한 남자에 대한 두 여인의 시간여행의 종착역에는 전혀 다른 풍경이 기다리고 있다. 사실 히로코는 이츠키로부터 프러포즈조차 받지 못했다. 그래서 그녀는 그의 진짜 마음을 알고 싶은 것이다. "그가 나를 사랑하긴 한 걸까?"그녀는 이츠키와 편지를 주고받으면서 진실에 다가간다. 그가 자신이 아닌 이츠키를 사랑했다는 것을……. 그는 순전히 그녀가 이츠키를 닮아서 만난 것이었다. 이제 그녀는 그와 영원한 작별을 해야 한다. 그래서 2년 전에 이츠키가 죽은 산으로 간다. 그리고 그가 죽은 곳을 향해 외친다.

"잘 지내고 있나요? 저는 잘 지내고 있어요!"

그는 대답이 없지만, 그녀의 외침은 메아리로 돌아와 그녀의 얼굴에 닿는다. 비로소 그와의 상실을 받아들이며 눈물을 흘린다. 그리고 기억의 끈을 놓는다.

그러나 이츠키의 경우는 다르게 진행된다. 그녀는 히로코의 편지에 대한 답장을 쓰면서 어쩔 수 없이 '잃어버린 시간을 찾아서' 시간여행을 떠난다. 그와 이름이 같다는 그 이유 하나만으로 고통을 겪었던 중학교 3년 동안을 회상하면서……, 그녀는 하마터면 모르고 지나쳤을 새로운 사실을 알게 된다.

그녀를 좋아하면서도 말 한마디 못하고 도서대출 카드에 '이츠키'라는 이름만 남긴 이츠키. 그것을 장난으로만 여겼던 그녀는 그 이츠키가 자기의 이름이라는 것을 지금에서야 깨닫게 된다. 마침내 그녀가 잃어버린 시간을 되찾은 것이다. 그 즈음에 그 학교 학생들이 그녀를 방문한다. 그가 그녀의 얼굴을 스케치했던 도서대출 카드를 돌려주기 위해……. 그러나 그녀는 이 사실을 히로코에게 알리지 못한다.

사랑은 열병이라고 했다. 그녀는 독감으로 앓아눕는다. 너무 늦게……, 지금에서야 그에 대한 사랑의 감정이 되살아 난걸까. "가슴이 아파서 이 편지는 보내지 못할 것 같아요."라는 독백이 여운으로 남는다.

눈밭에 누워있는 히로코의 얼굴이 눈보다 더 눈부시다. 지금도 나는 히로코와 이츠키를 동일 인물로 본다. 영화 〈클래식〉에서 손예진이 연기했던 주희와 지혜에서도 그랬으니까……. 1인2역에서 오는 혼동을 얘기하는 게 아니다. 그렇게 받아들여야지만 내 마음이 편할 것 같다. 그들도 망자를 그리워하고 추억하면서 하나가 되지 않았는가.

스쳐지나간 모든 것들은 아름답고 소중하다. 감독이 섬세한 감성으로 하나하나 그것들의 이름을 불러준다. 그래서 이 영화는 우리가 순수로 건너가게끔 징검다리를 만들어주고 있는 것이다.

지금 창밖을 보면, 겨울이 지나고, 눈이 쌓였던 들판에 4월의 벚꽃이 눈처럼 날린다.

소용돌이치는 역사의 한 복판에서 치열하게 싸웠던 70~80년대 학번들이여! 5월이 다 가기 전에 추억의 기차에 몸을 싣고, 샌드 페블즈의 〈나 어떻게〉를 부르며 그곳으로 가보자. 들꽃이 흐드러지게 핀 강변 그곳에는 잊혀져가는 우리들의 눈부시도록 아름다운 젊음과 사랑이 어제 일처럼 숨 쉬고 있으리니······.

영웅의 부활

초판 인쇄 2021년 6월 11일
초판 발행 2021년 6월 16일

지은이   송동윤
펴낸이   김상철
발행처   스타북스
등록번호   제300-2006-00104호
주소   서울시 종로구 종로 19 르메이에르종로타운 B동 920호
전화   02) 735-1312
팩스   02) 735-5501
이메일   starbooks22@naver.com
ISBN   979-11-5795-598-5 03810